小学館文庫

蟲愛づる姫君の蜜月

宮野美嘉

小学館

目次

蟲愛づる姫君の蜜月

蠱毒（こどく）というものがある。

壺（つぼ）に百の毒蟲（どくむし）を入れ、喰（く）らい合わせ、殺し合わせる。

そうして残った最後の一匹は、猛毒を持つ蠱（こ）となる。

それを古（いにしえ）より蠱術（こじゅつ）といい、その術者を蠱師（こし）と呼ぶ。

序章

魁(かい)国の王都釈楼(しゃくろう)の後宮には、王の寵愛(ちょうあい)を一身に受ける妃(きさき)がいる。

大帝国の高貴なる血を受け継ぐ、天女のごとき美貌の姫。

王が側室を迎えようとも、その寵愛に陰りはないと皆が噂(うわさ)する。

長かった冬が終わりを告げ、季節は春を迎えていた。

一人の娘が、めっきり春の様相を帯びた後宮の庭園に座り込んでいる。

冬の間に十六を迎えた斎(さい)帝国の皇女であり、魁国の王妃、李玲琳(りれいりん)である。

噂にたがわぬ美しい娘だ。しかし身に纏(まと)うのは飾り気のない簡素な衣装で、一見して高貴な身分と看破するのは困難かもしれない。

春めいた庭園の中、玲琳の座る一角は妙に地味な植物で占められている。勘の鋭いものが歩けば、何かしら不穏な気配を感じたかもしれない。あるいは人ならぬものの視線を。

そんな中、玲琳は陽光を浴びながらゆったりとくつろいでいた。

と、そこに土を踏む足音をさせて一人の男が姿を見せた。その後ろには数名の衛士が付き従っている。

「姫、ここにいたか」

にこにこと笑いながら声をかけてきたのは、玲琳の夫であり魁国の国王。名を楊鍠牙という。この春二十六歳になったばかりの精悍な男だ。

「あら、仕事は終わったの？」

玲琳は大きな瞳で鍠牙を見上げた。

「ひと段落したからな、愛しい姫の顔を見に来ただけだ」

歯が浮くようなことを言いながら鍠牙は玲琳に近づいてきて、ふと、玲琳の膝に目を止めた。彼はそこにのっているものをはっきりと視認し、びしりと固まる。

「うおおおおお!!」

野太い悲鳴を上げたのは彼ではなく、鍠牙に付き従っていた衛士だった。腰を抜かし、這うようにその場から逃げ出す。

鍠牙はその場に佇んでぴくりとも動かず凍り付いている。

「どうしたの？」

玲琳は夫を見上げて首を傾げた。

彼はしばしのあいだ黙して硬直し、ようやく口を開いた。

「いや、悲鳴をあげなかった自分の豪胆さに感心していた。姫……その膝にのせているのは何だ？」

玲琳の膝を示す。問われた玲琳はにこりと笑った。

「蟲(むし)よ。可愛(かわい)いでしょう？」

微笑(ほほえ)む玲琳の膝の上には、一抱えもある巨大な白い芋虫が横たわっているのだ。

蠱毒というものがある。

百蟲を甕(かめ)に入れて喰らい合わせ、生き残った一匹を蠱として人を呪い殺す術である。

玲琳は皇女として生まれながら、母親に蠱術を仕込まれて育った蠱師であった。

「早く大きくなるのよ」

うっとりと蟲を見下ろし、玲琳はすべすべした芋虫の背を撫(な)でた。それに反応して巨大な芋虫はグネグネと蠢(うごめ)く。

鍠牙はそれを見て、玲琳の目の前にしゃがみこんだ。特に怯(おび)える様子はない。

人が蟲を嫌うことを、玲琳は今までの経験で知っている。特に大きな蟲を嫌うことも、奇妙な動きをする蟲を嫌うことも知っている。理解も納得もできないが、現実としては知っているのだ。

王妃が蠱師であることは今や周知の事実で、玲琳が蟲と戯れているからといって文句を言う者などもはやこの後宮にはいないが、だからといって彼らが蟲を好きかと言えばそんなことは全くなく、彼らは未だに蟲を恐れている。

だから、こんな風に蟲を目の前にして、平然と近づいてくる男が稀有なことも玲琳は分かっていた。

「触る？」

軽く芋虫を持ち上げてみせると、鍠牙は眉を顰めた。

「こんなものを触りたがる人間はいないぞ」

言いながら、彼はそっと芋虫の白い背を撫でる。

「見た目は気持ち悪いが、確かに手触りはいいな」

「そうでしょう？」

玲琳は嬉しくなって、くふくふと笑った。嬉しそうな玲琳を見てつられたのか、鍠牙も口元を緩ませた。

「お前は蟲を嫌いなくせに、怖がらないわね」

「姫の大事なものなら大事にするに決まっている」

鍠牙が得意げに言ったその時、茂みの向こうからがさがさと音がして、一人の女が現れた。二十歳頃の若い娘で、驚くほど地味な顔立ちに地味な衣装、そして気味が悪いくらいの無表情を張り付けている。

女は名を里里といい、この春正式に鍠牙の側室となった娘だ。

　玲琳にとっては立場上宿敵ともいえる相手である。その宿敵は静々と玲琳に歩み寄り、膝がくっつくほど近くに座り込んだ。出会ってから数か月経(た)って分かったことだが、里里はしばしば距離感がおかしい。

「お妃様、水やりが終わりました。次は何をいたしましょう。ご命令を」

　里里は無表情のまま淡々と言った。季節が真冬に戻ったかというような冷たさで、心などどこか遠い地に置き去ってきたかのごとし。

「お前もいたのか、里里」

　鍠牙が己の側室に話しかけた。里里はそこで初めて鍠牙に視線を向ける。感情の欠片(かけら)も感じられない玻璃(はり)玉のような目が鍠牙に据えられる。

「はい、おります」

　端的すぎるほど端的な返答。そしてそれ以上は何も言わない。

　本来であれば、側室は王の機嫌を取り、王に従い、王の意のままに動き、王の寵を得ようと努めるものだ。しかし鍠牙の側室である里里ときたら、鍠牙の存在など路傍の石だと言わんばかりの無関心ぶりであった。

「悪いが席を外してくれ」

　鍠牙は人好きのする笑顔で里里に命じた。里里は鍠牙に答えず、玲琳の方を向く。

「お妃様、席を外した方がよろしいですか？」

「ここにいていいわよ」

「はい、ではお妃様のお言葉のままに」

素直に頷（うなず）き、里里はその場に居座り続ける。

すると鍠牙が苦笑いで口を挟んだ。

「里里、無理して妃に合わせる必要はない。お前はお前の好きなことをするといい」

「私の行動を決めるのはお妃様のご命令であって、陛下のご命令ではありません」

親切めかした鍠牙の言葉を、里里は間髪を容（い）れずに拒絶した。

里里が鍠牙の側室となってから数か月、彼女が王の言うことを聞いたことはただの一度もなかった。彼女が従うのは玲琳の言葉だけだ。毎日玲琳に付き従い、まるで犬のように懐いてくる。どう考えても宿敵にはなりようがない。そして玲琳は、そんな彼女を気に入っているのだった。

母を慕う幼子のごとく、ぴたりと寄りそってくる里里を見ていると、何やら守ってやらねばならない気分になる。

鍠牙がやれやれというようにため息をついた。

平静を装っているが、彼の機嫌が悪くなっているのが玲琳には分かった。そう……里里は玲琳の宿敵なのではない。彼女は鍠牙の宿敵なのだ。

彼は玲琳を他者と共有したがらない。玲琳を独占したがる鍠牙にとって、玲琳に付きまとう里里は邪魔者でしかない。そのことを玲琳はよく分かっていて、分かった上で里里を側室に迎え、可愛がっている。

不機嫌を見せぬよう耐えている鍠牙を見て、玲琳はくっくと笑った。

「里里、やっぱり席を外しておあげ。この男は私と二人きりになりたいようだから」

からかうように言ったのだった。

里里が慇懃(いんぎん)に礼をして立ち去ると、鍠牙は地面に胡坐(あぐら)をかき、膝に頬杖(ほおづえ)をついて己の妻を睨(にら)んだ。

玲琳は楽しそうににやにやと笑いながら鍠牙を見返し、両腕を広げた。それは二人の間でのみ通じる、抱きしめてあげるという合図である。

鍠牙は頬杖をついたまま玲琳の膝元を見下ろした。そこにはグネグネと蠢く芋虫の姿がある。

「姫、それが邪魔していることに苦言を呈してもいいか？」

「大丈夫よ。この子は頑丈だから、多少押しつぶしたところで問題はないわ」

このまま来いと暗に言う。

鍠牙は渋面で小さく嘆息した。

「まったく……こんなものを平気で触れる人間はどうかしているな」

言いながら、彼は玲琳の膝に頭をのせて横たわった。必然的に、巨大な芋虫は鍠牙の枕となった。

芋虫を枕に顔をしかめている鍠牙を見下ろし、玲琳は可笑しくなって笑った。

気持ち悪いと言うくせに、どうかしていると言うくせに、彼は玲琳の傍にいるためなら蠱でも何でも受け入れる。

「お前は私が好きね」

ついつい意地悪な笑みがこぼれた。鍠牙は揶揄するように笑い返す。

「ああ、俺は可愛い姫の時間も体も心も全て独占したくて仕方がない。あなたはそういう強欲な男に嫁いでしまったわけだ。可哀想なことだな」

「それほど想う女に、ひとかけらの愛情も与えられないお前の方がよほど哀れね」

玲琳はお決まりの台詞を返す。鍠牙はそれに乗っかって、わざとらしく悲しげな声を作った。

「姫は俺を愛していないのか？」

「私がお前を愛することなど、未来永劫ありはしないわ」

こうやって、玲琳はいつも鍠牙に必要な言葉を与える。

李玲琳はまさしく蠱師であり、医師である。

楊鍠牙の心と体を、彼以上に知っている。

「私は蠱師だから、蠱師として必要なことをしているだけよ」

玲琳は嫣然と微笑んだ。鍠牙は寝そべったまま玲琳を見上げる。

「……姫は綺麗だな」

唐突に言われてきょとんとする。鍠牙が玲琳をそんな風に褒めるのは初めてのことだった。そして褒められても特に嬉しくはなかった。

鍠牙は芋虫を枕に片手を伸ばし、ぱちくりしている玲琳の頰を撫でた。

「なあ、姫。何か欲しいものはないか？」

「欲しいもの？」

これまた唐突に聞かれて、玲琳はその意図を把握し損ねる。

「ああ、姫は金のかかる女だ。嫁いだ時にあなた自身が言ったことだろう？　蠱術には金がかかると。嫁いでもう八か月だ。足りないものが出てくるころじゃないか？　必要なものがあれば言ってくれ。蠱ももっと増やせばいいし、毒草園が手狭になっていればもっと広くすればいい」

言われて玲琳は目を真ん丸くした。

「毒草園を広くしていいの？　蠱を増やしたら、女官や衛士が泣き叫ぶのじゃないかしら」

「別に構わんさ。好きなだけ増やせばいい。姫が欲しいだけいくらでも」

玲琳は唖然として口をぽかんと開いてしまった。うっかり間の抜けた顔になる。

そんなことを言われたのは初めてだった。斎にいた頃、玲琳が後宮の人々からどれほど疎まれていたか、筆舌に尽くしがたいものがある。ましてや、毒草園を増やしていいと言う人間など、ただの一人もいなかった。玲琳の蠱師の才を買っていた姉でさえ、そんなことを言ったことはない。

「……お前は近頃私を甘やかすわね。何を企(たくら)んでいるの？」

玲琳は疑わしげに鍠牙を見下ろし、その額をぴしぴしつついた。何か悪だくみをしているのではないかと訝(いぶか)る。

「俺は姫が可愛いだけだ。そんな姫に満足してほしいと思うのは当たり前だろう？」

「後宮を蠱だらけにしてしまうわよ？」

「ああ、好きにしろ」

「庭園を全部毒草で埋めてしまうわよ」

「構わんよ」

「気味の悪い妃を持つ哀れな王だと後ろ指を指されるわよ？」

「何の問題もないな」

鍠牙は平然と答える。

まるで愛しい女を甘やかす、恋に溺れた男のよう。

しかし彼が玲琳に向ける感情が、恋情とはまるで違うものであることを、玲琳はよく知っていた。

恋のような純粋にして苛烈な感情とは違う。

それより遥かに悍ましく、醜悪な感情。

彼にとっての玲琳とは、己を不幸へと導く魔物だ。そうあってほしいと彼は玲琳に願った。妻として娶った女に、魔物であれと望んだ。

まともな人間が抱く感情ではない。毒の塊のような男——それが彼の本質であることを、玲琳だけが知っている。

なのに今、彼はそんな毒々しい感情と無縁のように満足そうな笑みを浮かべ、玲琳の膝に横たわっている。

近頃彼は変わった。玲琳はそんな風に感じていた。

出会った頃に比べて、ずいぶん穏やかになった。玲琳に甘くなった。

ふと思う。

もしも……もしも彼の中から毒が消え失せてしまったら……？

玲琳にとって毒を失った鍠牙は、ただ夫であるだけの男だ。そうなった時、ただの夫でしかない彼を自分はどう思うのだろう？

玲琳は鍠牙の前髪を弄びながらそんな空想をする。

その空想がいかに愚かな考えであったか知るのは、まだ先のことだ。

第一章

「お妃様、お話があります」

いつものように鍠牙の部屋で共に眠り、自室へ戻ってきたある朝のこと、玲琳は突然怖い顔をした女官にそう言われた。

葉歌（ようか）という名のその女は、玲琳が斎帝国から伴ってきた女官であり、この世で最も信頼に値すると感じる相手でもある。

「僭越（せんえつ）ながら私は、毎晩お妃様と王様の閨（ねや）を見張っておりました」

突然何を打ち明けるのかと玲琳は訝る。葉歌がそういうことをしているのは知っていた。彼女は斎の女帝李彩蘭（さいらん）から、間諜（かんちょう）行動をとるよう命を受けていると聞く。

「それがどうしたの？」

「どうしたの？　どうしたのとおっしゃいましたか？」

葉歌は目を吊（つ）り上（あ）げてつかみかからんばかりに詰め寄った。

「お妃様がここへ嫁いで、もう八か月が経ってしまいましたわ。だというのに、お妃様と王様の間には、どうして何もないんですか！　毎晩一緒に寝ておきながら！」

くわっと噛みつくかの如く声を荒らげる。

女官の言わんとすることを理解し、玲琳はやれやれと息をついた。

「それはお前、私に言っても意味がないわよ。私が幼すぎて大人に見えないと言っているのは鍠牙の方だもの。私のせいじゃないわ」

斎の女人は魁の女人と比べると、全体的に小柄だ。魁の女人ばかり見てきた鍠牙が玲琳を実年齢以上に幼く見ても不思議はなかろう。

しかし葉歌は納得がいかないらしく、じっとりと玲琳を睨んでいる。

「それならいつになったら事を進めてくださるんです？」

「だから私に聞くのはおやめったら」

玲琳は話を打ち切らんと、手をぱたぱた振った。

「いいえ、今日こそはちゃんと答えていただきます。あなたはもう十六になったんですよ。どう考えても幼い少女ではありませんわ。というか、いいかげん自分が結構な美姫だって自覚なさったらどうですか！」

葉歌はびしっと玲琳の顔面を指さした。

どうやら自分が客観的に整った容姿をしているらしいことは、玲琳も自覚している。外ならぬ目の前の女官が散々そう言ってくるからだ。

　そういえば、昨日鍠牙にも綺麗だと言われたなと思う。

　しかしながら、気味が悪い蠱師として斎の後宮で疎まれ育った玲琳にとって、己の容貌が好ましいものであるという実感は薄い。何より玲琳は、容姿より蠱師としての力量を褒められたい。

「見てくれなど些細な問題だわ」

「まさか。とっても大事な問題ですわ」

「へえ、ならば聞くわ。美しいからという理由で私に好意を抱いた男が、今まで何人いたと思うの？」

　途端、葉歌はぐっと言葉に詰まった。

「そ、それは………ですわ」

　聞き取れないほど小さく呟く。

「何ですって？」

　玲琳が耳を寄せると、葉歌はぎろりと玲琳を睨んだ。

「皆無ですわ！　一人もおりません！　ええ、分かってますよ。あなたはどれだけ美人だろうが、殿方にモテない！　黙っていれば美人でも、黙ってないから！」

　癇癪を起こしたように怒鳴る。まったく彼女の言葉は正鵠を射ており、玲琳は斎の後宮で出会った数少ない男たちからも、魁で出会った数多くの男たちからも、好意なるものを向けられたことはない。

「それでもお妃様、あのように奇特な王様と縁があったのですもの。四の五の言ってないで覚悟を決めましょう」

　いつになく強硬な姿勢で詰め寄られ、玲琳は怪訝(けげん)な顔になった。

「いったいどうしたの？」

「八か月経っても何一つ進展していなければ、私も焦りますよ！　文句あります？」

「苦労をかけるわね」

「分かっているなら今夜にでもお願いします……」

　葉歌は感情を高ぶらせて疲れたのか、たちまちぐったりとした。

「そんなに焦る必要はないと思うけれど。鍠牙が幼女趣味を解さなくとも、私がいずれ成長するわ。そうなればもう童女には見えないでしょう」

「のんきなことを言って……いつまでもこんな風に世話を焼く人間が傍にいるとは限りませんよ」

　思いもよらぬことを言われて玲琳はきょとんとする。

「お前がいるではないの」

「私だって、いつまであなたのお傍にいるか分かりませんわ」

「何故(なぜ)？　ああ、良き殿方と巡り会って嫁いでゆけば、もう私に仕えることはできなくなるわね。安心なさい。その時が来たらお前を祝福しよう」

玲琳は窓辺に置かれた椅子に腰かけ、鷹揚に頷いた。

葉歌はそんな玲琳をしばし無言で見つめ、かすかに笑った。

「ええ、期待してます」

瞬間、玲琳は自分の目の前にいる女が誰だか分からなくなった。

これはいったい誰だろうと、玲琳は自問する。

感情のない曖昧な微笑み。そんな葉歌を玲琳は知らない。

「……何かあった？」

玲琳は軽く頬杖をついて葉歌を見上げた。鋭い眼差しで女官を射る。

「何もありませんよ。お妃様が私を困らせる以外のことは何も」

葉歌は軽くかぶりを振る。

ざわざわと胸の奥がざわめいた。何か、嫌な予感がした。

「お妃様、今朝は特別なお茶を用意してあるんですけど、お飲みになります？」

何事もなかったかのように葉歌は微笑んだ。

「……ええ、もらうわ」

答えて玲琳は葉歌を観察する。もしかして、好きな男に振られたとか、想っていた男にすげなくされたとか、告白した相手にもう恋人がいたとか、そういうことがあったのかもしれない。少し優しくしてあげねばと、玲琳はいらぬ使命感にかられる。

「さあどうぞ」

玲琳の考えなど知る由もない葉歌は、目の前の卓に茶を置いた。綺麗な深紅の茶が湯気を立てている。

「葉歌、男に選ばれるかどうかでお前の価値が決まるわけではないわ。心を強く持ちなさい」

「え……お妃様、なんかものすごく失礼なこと考えてません？」

剣呑(けんのん)な葉歌の視線を受けつつ、玲琳は茶を口にした。嗅いだことのない華やかで甘い香りが広がる。

「美味(おい)しいわね。初めての味だわ」

玲琳は感心して目を見開いた。

「うふふ……実は毒入りのお茶ですわ」

葉歌はにんまり笑った。

「私に毒は効かないわよ」

「お妃様にも効く、特製の毒です。お妃様が王様とずっと仲良くしていられるよう、呪いがかけてありますわ」

「媚薬(びやく)でも入っている？　それも私には効かないわよ」

玲琳はお茶を飲み干した。

葉歌はその姿をじっと見つめていた。


その夜のことである。

鍠牙が政務を終えて自室に戻ると玲琳がいなかった。

いつもそこで待っているはずの妻がいないことに、わずかな驚きと落胆を感じる。

と、部屋で立ち尽くしている鍠牙の背後から突然声が掛けられた。

「王様、よろしいですか？」

鍠牙は飛び上がるほど驚きながらも、平静を装って振り返った。

背後に立っていたのは玲琳付きの女官、葉歌だった。

「もうすぐお妃様がお越しになります。その前に、お話が」

彼女はこの上なく真剣な顔で口火を切った。

「どうした？」

鍠牙は軽やかな笑みを返した。

「王様はお気づきでしょうか？」

「何にだ？」

「お妃様は……近頃背が伸びました」

何の脈絡もないその言葉に、鍠牙は目をしばたたく。

「そうか？」

「そうです。斎の大人の女性と変わらぬほどですわ。私ともう、ほとんど背が変わりません」

言われても、毎日見ている相手の変化には気づきづらいものだ。

「確かに、姫は最近綺麗になったなとは思っていたが……」

首を捻（ひね）りつつ言うと、その率直な物言いに葉歌は一瞬たじろいだ。

「そ、そうですか……」

気恥ずかしそうにさっと頬を染め、決然と顔を上げる。

「そうお思いでしたら、お妃様を大人の女性として扱ってくださいまし。お願いしますわよ」

言って、鍠牙の手に一冊の書物を無理やり持たせる。

「何だこれは？」

「では、おやすみなさいませ」

葉歌は問いに答えず深々と礼をして部屋を出て行った。

鍠牙は表紙に何も書いていないその書物をまじまじと眺める。なんとなく、記憶の端に引っかかるものがあった。どこかでこれを見たことがあったような気がする。いや、見たのではない……ぶつけられた？

火花が散るように記憶が繋がった。初夜のことを思い出す。玲琳が鍠牙にぶつけてきた、斎の皇女必読とかいう夜の書。

「……あれか！」

鍠牙がぎょっとしたところで、再び部屋の戸が開いた。

「待たせたわね」

言いながら入ってきたのは玲琳である。鍠牙は何か、自分が悪いことをしていたかのような心持ちになり、思わず書物を背後へ隠した。

「何を持っているの？」

玲琳は目ざとく言った。

「いや、何も？」

言いながら、鍠牙は後悔している。後ろめたいことなど何もないのだから、そもそも隠す必要はなかったのだ。

玲琳はふうんと相槌を打ち、鍠牙の方へ歩いてきた。抱きつくような格好で鍠牙の背後に手を伸ばし、玲琳は鍠牙から書物を奪う。奪い取った書物を見て、玲琳は目をぱちくりさせた。

「どうしてお前がこれを持っているのよ」

鍠牙はいたたまれない気持ちになった。

幼い子供に見せてはいけないものを見せてしまったかのような感覚。しかし、そこでふと葉歌の言葉を思い返す。頭のてっぺんから足の先まで、己の妻をまじまじと眺める。

「どうかしたかしら?」

「姫……背が伸びたな」

気まずい書物を見られた直後の問いとしては、あまりふさわしくないように思われたが、鍠牙はそう聞いていた。

以前より、頭の位置が近い。葉歌の言う通り、玲琳は確かに成長していた。美しい大人の女性になり始めている。鍠牙は眩しいものを見るように見入った。

「? そうかしら? お前の背が縮んだようだとは思っていたけれど……」

玲琳は首をかしげる。

「縮むわけがないだろう」

鍠牙はいささか呆れて返す。

「そう、私の背が伸びたの。……なら、その書物の内容を実践する気持ちになったかしら? ちなみに葉歌が私に媚薬を盛ったかもしれないのだけど……」

「媚薬？　何の冗談だ？」

冗談――と言いながらも、あの女官ならやりかねないなと一瞬思う。

「さあ、よく分からないけれど、どちらにしても私には効かないわ。お前がその気になるしか道はないのよ。どうかしら？」

問われた鍠牙は再び玲琳を眺めまわした。

そもそも鍠牙は、女の扱いを得手としていない。生みの母があいう女で、かつての婚約者があんな女。最も近くにあった女たちがあれらだったので、極端に言ってしまえば、鍠牙はおそらく女というものが苦手であった。

そして実際妻に迎えたのはこんな女。

自分の女性運というものはいったいどうなっているのだろうかと鍠牙は真剣に考えてしまった。自分が何か悪行でもはたらいたというのか。

そんな思いと、そして玲琳の幼さゆえに、鍠牙はこれまで彼女に手を出そうという気持ちが全く起きなかった。

ならば今は？　この美しく成長しつつある女を前にして、自分は何を望むのか――

「返事は？」

玲琳は首を傾けて催促する。鍠牙は口元を手で覆って思案した。

「……残念だが、少し背が伸びたくらいでは無理だな」

答えた瞬間、己の言葉に嘘が混じったと感じた。

「へえ……」

と、玲琳は口角を上げる。彼女には鍠牙の嘘が分かったことだろう。彼女には鍠牙の嘘が通じない。だが、嘘だと分かってなお、玲琳はそれ以上追及しなかった。ただ、揶揄するような笑みを浮かべている。

鍠牙は居心地が悪くなり、不愉快そうな顔を作ってみせた。

「もう寝るぞ」

背を向けて寝台に入ると、いつもならすぐ隣に入ってくるはずの玲琳が、その場で動かずにいる。

口元には楽しげな笑みが浮かんだままだ。

「一緒に寝てほしいのなら、ちゃんと私の機嫌を取ることよ。子ども扱いされると傷つくわ」

歌うような口調でからかうように言う。鍠牙はふんと鼻を鳴らした。

「つまらん嘘だな。あなたが傷ついた？　そんな高度なことが俺にできるとでも？　ありえないな。あなたを傷つけられる者がいるとしたら、斎の女帝くらいのものだろう。俺にはできない芸当だ」

そこで鍠牙は寝台の上に起き上がり、胡坐をかいてにやと笑った。

「なあ姫、俺がどれほど弱くて情けない生き物か、あなたは知っているだろう？　だからあなたは俺に優しくするべきだ」

「お前に優しくですって？　夢を見るのはおやめ。この世の誰に優しくしたとしても、お前にだけは優しくなどしないわ。この世でただ一人私が愛を与えない相手、それがお前よ」

玲琳は怖い笑みで、鍠牙に必要な言葉を与えてくれる。

鍠牙は膝に頬杖をつき、笑みのまま小さく頷いた。

「ああ、そうだろうな。だが、あなたは蠱師だ。俺の医師だ。俺に毒を与えるのも、薬を与えるのも、あなたの役目だ」

「……つまりどうしろと？」

「だからあなたは今、俺を抱きしめるべきだということだ」

そう言って、鍠牙は堂々と両手を広げた。

玲琳は呆れたように目をぱちくりさせ、嘆息しながら苦笑した。

「そうね、薬ならば与えなくてはならないわ」

ゆっくり近づいてくると、寝台の上に上がって鍠牙をその胸に抱きしめる。

慣れ知った体温に、体が内側からほどけてゆくような感覚がする。

そこでふと気が付いた。

「葉歌が……見ているかもしれないな」

「そうでしょうね」

玲琳は当然とばかりに頷く。

葉歌という侍女は毎晩王と妃の寝所を覗くという不毛な行為をしている。この寝所でなにがしかの重要な出来事が起こったことはないのだから、葉歌は八か月間毎晩無駄な時間を過ごしていると言ってもいい。きっとこの夜も同じようにどこかで見ているのだろう。

「葉歌ならば許すわ」

玲琳は鍠牙を抱きしめていた腕を解いて言った。

離れていった温もりを惜しみながら、鍠牙は苦笑する。

「……あなたは葉歌が好きだな」

鍠牙は膝を突き合わせて寝台に座る妻の顔を眺めた。玲琳は鍠牙を見つめ返していたが、その頭の中には葉歌の姿が思い浮かんでいるに違いない。他の誰かが今彼女の頭の中に入り込んでいるという事実に痛みを覚え、また同時に安堵を感じもした。

「ええ、好きよ。私の可愛い女官だわ」

玲琳はあっさり肯定した。断言されて、鍠牙は思わず声をあげて笑った。

「ははは、姫よ……少しは夫の心を慮ってくれ。あなたが他の誰かを想っていると考えたら、俺は酷(ひど)く辛い。悲しみのあまり、うっかりあなたに酷いことをしてしまったらどうするんだ」

危ういことを言い、玲琳の手をそっとつかむ。しかし玲琳は怯えもせず、鍠牙の手を受け入れる。

「好きになさい。お前が何を感じ何を望むかはお前の自由だわ。その行為に私が何を思い何を返すかは私の自由よ」

平然と返すその言葉が紛(まぎ)れもない本心だと鍠牙は分かる。彼女が口にする言葉はいつも本心だ。

「私に酷いことをしたいの？」

そう確認された鍠牙はくすぶる痛みを無視し、鼻で笑った。

「言っただろう？　俺があなたを傷つけるなんてできるわけがないと。俺にそんな力はない。だから、代わりにあなたを大事にすることくらいしかできない」

鍠牙は握った彼女の手を持ち上げ、その手のひらに口づけた。

どれだけ距離が近づいても、彼女が鍠牙を愛することはない。彼女は鍠牙に痛みを与え続けてくれる。だから鍠牙は安心して彼女にすがることができる。彼女の与える痛みは鍠牙にとっての救いだった。

夜は静かに更けてゆく。いつもと変わりないように……

王と妃は共に眠り、いつも通り夜が明けた。変わらないはずの朝を迎えた後宮に、いつもと違うことが一つだけあった。

魁国の後宮から、葉歌という一人の女官が消えていた。

玲琳が葉歌と初めて会ったのは四年前、十二歳の時のことだった。

当時の葉歌は、まだ二十歳になっていないくらいだっただろう。玲琳は十で母を亡くして、その後は姉の彩蘭が面倒を見てくれていたけれど、姉は忙しくていつも一緒にはいられなかった。だから代わりに守ってくれる人が必要だと……彩蘭はそう言って玲琳に女官を与えた。

これはあなたのものですよと姉は言った。葉歌と名付けましたと姉は言った。

それから四年、葉歌はずっと玲琳の傍で玲琳を守ってくれていた。

そんな女官の不在を最初に察したのは、無論のこと玲琳だった。

鍠牙の部屋で夜を過ごし、自室に戻ると誰もいない。

魁の女官たちは総じて蠱師である玲琳を恐れており、どんな生き物が潜んでいるか分からない玲琳の部屋に入ることはほぼない。もっと言えば玲琳は自室に鍠牙が入ることも許していないから、実質この部屋に入るのは玲琳と葉歌だけだった。

めに。
葉歌は毎朝玲琳の部屋で主を待っている。身支度を手伝い、夜の不首尾を咎めるた

しかしこの朝、部屋の中に葉歌の姿はなかった。

「葉歌？」

がらんどうの室内に向かって呼びかけるが、返事はなかった。

珍しいことだったが、何かの用事で離れているのだろうと思い、玲琳は一人で身支度を終える。

鍠牙の部屋へ戻って朝食を済ませ、またここに帰ってもやはり葉歌はいない。そのあたりでさすがにおかしいと思った。

玲琳は後宮内を歩き回り、庭園をめぐり、葉歌を捜す。

しかし隅から隅まで捜しても、葉歌の姿は見つからない。その間に会った全ての人間に聞いても、葉歌の姿を見たという者はいなかった。

嫌な予感がした。胸の内にざわざわと不安が広がってゆく。

捜して捜して捜し尽くして、それでも葉歌は見つからなかった。

「鍠牙！」

玲琳は勢いよく扉を開くなり声を張った。

後宮と渡り廊下で繫がる行政区の一室。鍠牙が政務を行う執務室である。

広い部屋には大きな書架や机が整然と並び、何人もの男たちが働いていた。彼らは突然響いた玲琳の声にびくりとし、困ったように顔を見合わせた。

「お、お妃様……本日は何の御用でしょう？」

一番近くにいた臣下の一人が、恐る恐る声をかけてくる。警戒するように玲琳の衣をちらちらと見ている。蟲が潜んでいるのではと怯えているらしい。

玲琳はそれに答えず真っ直ぐ歩みを進めた。進路にいた者たちが一斉に道を空ける。

部屋の最奥に置かれた机に着いていた男が、気づいて顔を上げた。

「どうした、姫」

眼前まで歩み寄ると、部屋の主たる鍠牙がにこりと笑って尋ねてきた。

「葉歌がいないの」

玲琳は机に両手をつき、身を乗り出して訴えた。

鍠牙は訝しげに眉を寄せた。

「そう怖い顔をするな。葉歌がいないというのはどういうことだ？」

「言葉通りいないのよ。後宮中を捜してもいないの。私の葉歌がいないのよ！」

玲琳は思わず声を荒らげる。

私の葉歌——という言葉に、鍠牙の眉がぴくりと跳ねた。しかし彼は一瞬でその反応を隠し、平然とした顔で横を向いた。

「利汪。話を聞いてやってくれ」

そう命じると、傍に控えていた鍠牙の側近姜利汪が前に出てきた。

「誰かに連れ去られたり、事故に遭って動けなくなっているのかもしれないわ。捜すのを手伝ってちょうだい。私の蠱術は人捜しに向かないのよ」

玲琳は酷く焦って言い募る。葉歌が今まで玲琳からこんなに長い時間離れたことはない。玲琳が自分から離れたことはあっても、葉歌が離れていったことはない。彼女と出会ってからこの数年間、葉歌はいつも玲琳と一緒にいたのだ。

「……承知しました。今すぐ捜しましょう」

利汪は厳しい顔で応じ、すぐさま動き始めた。

「姫、部屋に戻っていろ。俺ももうすぐ仕事が終わる」

鍠牙がなだめるように言った。玲琳は無言でうなずき、入ってきたときと打って変わって静かに執務室を出て行った。

とぼとぼと廊下を歩いて鍠牙の部屋へ向かう。

そこにこもって、葉歌が見つかったという知らせを待った。

しかし——夜になっても葉歌の行方は分からなかったのである。

鍠牙の部屋でその知らせを受けた玲琳はようやく悟った。

「葉歌は……誰かに連れ去られたり、事故で動けなくなっているわけじゃないわね」

長椅子に座る玲琳の目の前には、葉歌の捜索に進展はなかったと告げてきた鍠牙がしゃがんでいる。

「何故そう思う？」

「だってあれは、お姉様が私を守るために下さった、私の女官だもの。私の葉歌はそんな無能者ではないわ」

そこで玲琳は鍠牙の手をきつく握った。薄い爪が彼の皮膚に食い込む。

「葉歌は自分の意志で後宮から姿を消したのだわ。そのことを、お前は最初から分かっていたね？」

鋭く問うと、鍠牙はやや視線を落として嘆息した。

「むしろ……何故姫が最初からそれに気づかなかったのかということが不思議だ」

「葉歌は……自分から私のもとを去ったのね」

いなくなる直前、葉歌は玲琳と鍠牙の今後を酷く案じていた。まるで、自分がいなくなった後の玲琳を心配しているかのように。

葉歌は自分の意志で玲琳から離れた。玲琳に、ただの一言も告げることなく。それを理解し、玲琳は覚悟を決めた。

「……自分の意志で姿をくらませた葉歌を見つけ出せる人間など、この国にはいないでしょうね……」

そこで言葉を切り、強い意志を宿した目を上げる。

「この私を除いては」

鍠牙は危ういものを感じたのか、表情を更に険しくした。

「自分で捜すつもりか？　蠱術を使って？」

「いいえ、私の蠱術で人捜しはできないわ。蠱術は人を呪うもの。あるいは毒を用いて人を癒すもの。だから――私はこれから葉歌を呪うわ」

玲琳の口元が弧を描く。

「呪う……だと？」

「ええ、私の蠱術が届けば、居所を知ることもできるわ。呪いのせいで葉歌は痛い目に遭うかもしれないけれど……それは仕方がないわね」

にこりと笑う玲琳を見上げ、鍠牙は複雑な表情を浮かべた。

「捜し出したところで葉歌が戻る保証はないぞ」

「それならそれで構わないわ」

玲琳は即答する。

例えば葉歌が良い相手を見つけて嫁ぐというなら、あるいは玲琳に愛想をつかして辞めたいというのなら、玲琳は彼女を止めたりしないだろう。

玲琳は葉歌の幸せを願っている。去りたいのなら去ればいい。

しかし彼女は黙っていなくなった。どう考えても、何かが起きたとしか思えない。

玲琳は主の責任として、葉歌がちゃんと幸せでいるのか知らなければならなかった。もしくは、何かあったのならば助けてやらねばならなかった。

「私はあの子の主なのだから、困っているのなら助けてやらなくては。だからあの子を呪うのよ」

月の光が注ぐ自室で、玲琳は明かりを灯(とも)すこともなく手を動かした。

毒草や薬剤や鉱物をすり潰し、毒薬を完成させる。

すり鉢を抱えて毒草園へ出ると、ガサゴソと蟲たちの気配がした。

「いらっしゃい、あなたに呪ってほしい相手がいるの」

草むらへ呼びかける。爛々(らんらん)と赤く光る目がのぞき、草むらから巨大な白い芋虫が這(は)い出(で)て来た。鍠牙が枕にしたあの芋虫だ。

玲琳の差し出した毒を、芋虫はずるずるとすする。飲み干すと、全身がぶるぶる震えだした。口から細い糸を無数に吐き出し、白い体を包む。巨大な繭が出来上がったかと思うと、端の糸が切れて繭はほどけた。そこから姿を現したのは、美しい巨大な蛾だ。

「よく生まれてきたわね。綺麗な子」

玲琳は蛾に優しく語り掛け、傍らに置いていた櫛を手に取った。それは葉歌がいつも使っていた櫛だ。葉歌がその手で玲琳の髪を梳くために使っていたものだ。

玲琳は蛾の胴体に、つぷりと櫛の歯を差し込んだ。

「よくお聞き……これは私とかの者を繋ぐもの。あなたは私の手、私の耳、私の目。私の毒を届ける筏。さあ……この毒をのせて、かの者を呪いに行きなさい」

命じると、蛾は美しい羽を広げた。キラキラと金色の鱗粉が舞う。蛾は羽ばたき、窓から夜空へ向かって飛んで行きかけ――しかしふらふらと蛇行したかと思うと、突然玲琳に向かって飛んできた。

不思議に思い、どうしたのと聞きかけた玲琳めがけて飛んできた蛾蠱は、突如牙を剥いて玲琳の首筋に噛みついた。

「――!?」

想定外の出来事に頭が真っ白になり、玲琳はしりもちをつく。蛾蠱は玲琳から離れ、混乱したようにふらふらと空を飛んでいる。時折玲琳を見て、敵を威嚇するように鳴き声をあげる。

「え……何？　あなた……どうしたの？」

玲琳は地面に座り込み、呆然（ぼうぜん）と蛾蠱を見上げる。何が起きているのか理解できない。

「あなたたち、何か知っている？　あの子はどうしてしまったの？」

状況を把握しようと、他の蠱を求めて草むらを覗（のぞ）き込（こ）んだ。そこには玲琳の蠱が数えきれないほど潜んでいるのだ。しかし、いつもならすぐに反応する蠱たちが、この夜は全く動かない。草むらの奥に潜み、息を殺してじっとしている。

玲琳はぞっとした。腹の奥底が冷たくなる。鼓動が速まる。何か恐ろしいことが起きていると分かった。

「出てきて！」

玲琳は己の纏う衣の袖口に向かって命じた。

玲琳の中にも多くの蠱が潜んでいる。霊的存在である蠱は質量という概念の埒外（らちがい）にあり、重さを感じたりすることはないが、それでも確かにそこにいるのだ。だというのに、彼らは玲琳の声に応えることなくただ隠れ続けている。

お前は自分たちの術者ではないと、彼らの行動は言っていた。

「何なの……どうしたの……？　私があなたたちの蠱師よ。あなたたちを育てたのよ。血と毒を与えて……」

呆然と呟く玲琳は、そこではっとし、自分の指先を噛（か）み切った。鮮血が噴き出す。

「さあ、いらっしゃい。あなたたちを育てた蠱師の血よ。好きなだけ飲みなさい」

しかし、それでも蟲たちは動かない。自分が自分ではない生き物になったような気がした。周りの景色がぼやけ、感覚が遠のく。そのまま何もできず佇んでいると、

「姫！　何してる！」

鋭い怒声が耳をつんざき、きつく手首を摑まれて後ろへ引かれた。

鈍った頭で振り返り、相手を認識する。鍠牙が怖い顔で玲琳を睨んでいた。緩慢な動作で自分を見下ろし、彼が怒っている理由を察する。

玲琳は全身赤く染まっていた。いつの間にか、いつも持っている小刀で両腕をずたずたに切り裂いており、あふれ出た血が体を染めていた。だというのに、ここまで血を流しても蟲たちは反応しない。

力の抜けた手から小刀が滑り落ち、地面で鈍い音を立てる。

血に濡れた手を震わせながら、玲琳は鍠牙の胸元を摑んだ。

「……蟲たちが言うことを聞かないの。私の血に反応しない。どうして……私……蠱師ではなくなってしまった……？」

「なんだと？」

鍠牙も愕然として玲琳の姿を見下ろす。

しかし彼は玲琳の血が止まっていないとみるや、すぐに玲琳を抱き上げた。

「手当てが先だ。話は後で聞く」

硬い声で言い、玲琳を連れてゆこうとする。その時、毒草の茂みの奥から一匹の巨大な黒い蜘蛛(くも)が這い出てきた。その蜘蛛は、玲琳が生まれて初めて生み出すことに成功した蠱だった。

「……あなたも私を拒絶するの？」

玲琳は何の考えもなく手を伸ばした。切り刻まれた指先から、ぽたぽたと血が零(こぼ)れた。すると、巨大な毒蜘蛛は思慮深げにじっと玲琳を見上げた。その顔をしかと確かめるように見つめ、がさがさと不気味に地面を這い、近づいてくる。

玲琳は思わず手を伸ばしたまま身をよじった。重心が変わり、鍠牙は玲琳を落としかけて地面にしゃがんだ。

蜘蛛は真っ直ぐ玲琳に這いより、伸ばした手に纏わりついた。そしてそこから漏れる血をすすり始める。

「………飲んだ」

玲琳は声を震わせた。

「ああ、飲んでるな」

鍠牙は硬い声で相槌を打ち、玲琳を落とさぬよう力を込めている。

「うう……うううううう……」

奇妙な嗚咽を漏らしながら、玲琳は毒草園を見回した。あふれる涙の向こうに、蟲たちが見える。しかし彼らはやはり、玲琳に近づいては来ないのだった。

「どうしてこの子だけ……」

「姫、とにかくまずは治療だ」

「そうだわ……治さなくちゃ。蠱師でなくなったら私は私でなくなる。何のためこの世に存在しているのか、分からなくなるわ」

呟いたその時、目の前に霞がかかった。暗い夜の風景がたちまち白くなり、玲琳は白濁した世界に意識を手放した。

それから丸一日、玲琳は眠り続けた。目が覚めると、よく知った天井がある。鍠牙の部屋に寝かされているのだとすぐに分かった。ぼんやり天井を見ていると、枕元でガサゴソ音がし、真っ黒い巨大な毒蜘蛛がにゅっと視界に入ってきた。

顔面に覆いかぶさるような格好ですり寄ってきた毒蜘蛛を、玲琳はとっさに抱きしめていた。伸ばした両腕が酷く痛む。包帯でぐるぐる巻きにされた腕には、無数の傷が刻まれているに違いなかった。

玲琳は寝台の中で痛みを無視し、毒蜘蛛を強く抱く。そのまま身じろぎもせず、ひたすら横たわり続ける。

そのままどれだけ時間が経ったか、ふと足音が聞こえて部屋の主が近づいてきた。

「姫、起きたか」

毒蜘蛛を抱きしめたまま目を見開いている玲琳を見下ろし、鍠牙が声をかけた。

「腕の傷は……」

「何故この子だけ反応したのか、何故他の子たちは反応しないのか、ずっと考えていたわ」

何の脈絡もなく言葉を投げつけられ、鍠牙は怪訝な顔をした。

玲琳はゆっくりと体を起こし、毒蜘蛛を抱きしめる腕に力を込めた。目が覚めてから、そのことをずっと考え続けていたのだ。

「この子は私が生み出した最も古い蠱。年経て成長した分賢くなっている。普通蠱というのは蠱師を外見で判断しないわ。私に近づかなかった蠱は、私を血で判断した。だけどこの子は違っていたわ。私の顔をじっと見て、顔立ちで私を見分けた。だとしたら、原因は私の血。私の血がおかしくなってしまったのよ」

一息も入れずにつらつらと説明する。

「ならば何故、私の血は変わってしまったの――？」

瞬(まばた)きもせず、目の前の毒蜘蛛を凝視する。

「……葉歌？」

呟いていた。

葉歌がいなくなる前の日のことを思い出した。彼女が入れた茶の味を。

「私にも効く毒を飲ませた……？　まさか……本当に？」

確かに葉歌はそう言った。だが、そんなものが存在するはずはないと高をくくった
玲琳は、その言葉を冗談だと思った。それが間違っていた？　この世には玲琳の知ら
ぬ毒が無数に存在する。あらゆる可能性が存在する。己が未熟であることを、玲琳は
自覚せねばならない。

「葉歌がどこかで手に入れた毒を私に飲ませた。だから私の血はおかしくなった」

「……葉歌ならば、斎との国境で目撃されたと報告があった。すぐに追っ手を差し向
けよう。斎の女帝にも使いをやって、捜索の許可を――」

「私が行くわ」

玲琳は鍠牙の言葉を遮って言った。

「ダメだ」

鍠牙は間髪を容れず言った。この上なく険しい顔で、玲琳を睨んでいる。

「あなたを行かせることはできない。葉歌のことはこちらで何とかする」

「私の体のことよ。私の葉歌のことよ。私が行くわ」

玲琳も譲らず訴える。

「ダメだ。絶対に許さない。何が起きているのか分かりもしない状態で、あなたを危険かもしれない場所に行かせるなどありえない。あなたの脚を切り落としてでもだ」

彼は真顔で言った。本心なのだと感じる。だが――

「……私はね、葉歌のことを何も知らないのよ。葉歌がどこで生まれて何をして育ったのか、聞いたことがないの。知りたいとも思わなかった。正体が知れなくても、葉歌は私を守ってくれていたわ」

斎にいた頃の記憶が次々と蘇る。葉歌と過ごした日々のことが。

「私は疎まれていたから、命を狙われたこともあったわ。斎の宮廷はここより遥かに血腥い。何の前触れもなく命を落とす者がたくさんいたわ。私もその標的になった。けれど私の命を狙ったその全員を、葉歌がその手で始末したの。もしも彼女がいなかったら……私が彼らを殺していたでしょう。蟲たちを使って。葉歌は、私がこの手を血で汚すことから守ってくれたのよ」

鍠牙は黙って玲琳の話を聞いていたが、やおら口を開いた。

「その恩があるから、葉歌を捜しに行くと？」

険のある声で問われ、玲琳は目をぱちくりとさせた。

「恩？　いいえ、違うわ。そんなことはどうでもいいの。私はただ、葉歌を取り戻したいだけなのよ」

玲琳が何故こんなにも葉歌にこだわるのか、鍠牙に分かってもらえるとは思わない。いや、この世の誰も理解できないだろう。

李玲琳という蠱師を、その人間性を、感覚を、嗜好を、理解できたものは今までにいなかった。理解や共感が人と人を繋ぐものなら、玲琳は確かに孤独だった。しかしそれでいいと思っている。

「私が蠱師としての力をこのまま取り戻すことができなければ……そんなことになれば、きっとお姉様がお怒りになるわ。魁へやったのは間違いだったと判断なさる。お姉様はきっと……私を斎へ連れ戻すでしょう」

この世の全てを己の道具として利用する究極の博愛主義者たる姉は、玲琳という道具を正しく使うためなら平気でそう命じるだろう。そして姉に命じられれば、玲琳は逆らわない。

鍠牙はそれを知っている。故に彼は、憤怒の形相で玲琳を見据えた。

「……大した脅しだな」

「ええ、私はお前を脅しているの」

うっすらと微笑む玲琳を、鍠牙は怖い顔のまま睨み続けている。

「斎の女帝が何を言おうが、俺はあなたを離縁するつもりはない――そう言ったら、李彩蘭は同盟を破棄して戦を仕掛けてくるかもしれんな」

「お姉様ならやるでしょう。それを避けたいのなら、私を斎へ行かせなさい」

魁が価値ある子分の内は、彩蘭も魁を大事にするだろう。だが、一度でも逆らってしまえば彼女は魁を許すまい。

鍠牙は魁の王として、李彩蘭との同盟を保ち続ける義務があった。彼はがんじがらめと言っていいほど己を律して生きる男だ。己の欲に従って斎を敵に回すようなことはしない。玲琳はそう思っている。が——

「それでも行かせないと言ったら？」

予想に反して鍠牙はそう聞いた。

玲琳はいささか驚き、思案する。彼が納得し、自分が望みを叶えるその方法を。

「ならば——約束をあげるわ」

そう言って、玲琳は鍠牙の胸をとんと指で突いた。

「私の死をあげる。お前のいない場所では死なないと約束するわ」

しかし鍠牙は馬鹿馬鹿しいとばかりにかぶりを振った。

「そんな約束が守られる保証などどこにある。あなたを守る女官はいない。あなたを守る蟲も一匹しか残っていない」

「ええ、私の代わりに手を汚した葉歌はいない。だから、私がこの手を汚すわ。私は今日まで多くのものに守られて、己の手を汚すことはほとんどなかったけれど……お前のためならこの手を汚すわ。命の危険が迫った時には、誰を殺してでも生きのびて、お前のもとへ戻ると約束する。私は毒より強い蠱師で、私を殺せる者などいないのだから」

玲琳は毒蜘蛛を撫でた。九十九匹の毒を喰らって生まれた巨大な蠱を。

鍠牙は怖い顔のまま無言で玲琳を睨んでいる。

「……あなたが卑怯(ひきょう)なのは姉譲りか？」

「ええ、全部お姉様の教えよ」

「……それでも絶対はない。あなたが死なないという保証にはならない」

「そうね、ならばもう一つ約束をあげるわ。お前に死をあげる」

玲琳は目の前に立つ鍠牙の喉元に指先を触れさせた。

「万が一にも私が死ぬことがあれば、お前を道連れにするわ」

「……どうやって？」

「この子に命じておくわ」

玲琳は巨大な蜘蛛を差し出した。

「私が死んだら、この子がお前を殺しにくる。そう命じてゆく。お前をこの世に一人で残してゆくことは決してしてしないわ」

玲琳がいなければ生きられない男にしてしまった――自分にはその責任があった。

しかし玲琳にとって最大級の誠意であったその言葉を、鍠牙は受け取らなかった。冷ややかな目で玲琳を見下ろしている。身じろぎもせずに彼は何かを考えている様子だった。ややあって、ゆっくりと口を開く。

「それでもダメだ。斎には行かせない」

「……そう、それなら仕方がないわね」

玲琳は小さくため息をつき、抱いていた毒蜘蛛に口を寄せた。牙のある蜘蛛の口に口づけ、そこから甘い蜜を吸い上げる。

気味悪く思ったのか、それを見ていた鍠牙の表情が歪んだ。

玲琳は掴まれている手首を手繰るような形で鍠牙を引いた。身を寄せ、顔を近づけ、蜜を含んだ唇を重ね合わせる。鍠牙は怪訝な顔をしながらも、玲琳を受け入れた。毎晩玲琳の作る解蠱薬を飲んでいる鍠牙は、玲琳の与えるものを拒むことはない。それが薬であろうと痛みであろうと拒まない。

彼は与えられるまま口の中に何かを注がれ、一瞬驚いたように身を離しかけた。しかしわずかに体を動かしたところで、突如がくんと床に膝をつく。

「なん……だ」

小刻みに体を震わせながら玲琳を見上げる。

「お前は愚かね。蠱師が与えるものを不用意に受け入れるものではないわよ」

鍠牙は玲琳が与えるものなら何でも受け入れる。それがたとえ毒であってもだ。

「……俺を殺す気か」

ひざを折ったまま、それでも彼は玲琳の手を離そうとしなかった。ますます強く握りしめる。玲琳はその手をそっと離させた。

「お前は少し眠っていなさい」


斎の皇女初めての里帰りは、春爛漫（らんまん）の暖かな空気の中行われた。

出立の準備が整った行列に、側室の里里が近づいてくる。

「見送りに来てくれたのね、ありがとう」

玲琳が笑顔で礼を言うと、里里はかぶりを振った。

「いいえ、お見送りではありません。私をお連れいただこうと思って参じました」

「お前を？」

「はい、お妃様がいない間、どうやって過ごせばいいのか分かりません。ですからお供をさせてください。お妃様は私に命令する義務があるはずです」

よく見れば、里里は旅装に身を包んでいた。玲琳は呆気（あっけ）にとられ、弾けるように笑った。

「お前は仕方のない子ね。でもだめよ。お前を連れてはいけないわ。お前には鍠牙の傍にいてもらわなくては。あれが寂しがるといけないから、時々遊んでおあげ」

きっぱり拒否すると、里里の表情は珍しく変化した。目が細まり、口の端が下がり、がっかりした様子をほんのわずかのぞかせる。

「……それがご命令なのですね？」

「ええ命令よ。私が戻ってくるまで、ここで、ちゃんと、生きていなさい」

「…………承知しました」

渋々と言った風に里里は礼をし、力なく肩を落とす。

かすかに声を震わせて彼女は懇願した。

「どうかご無事でお戻りください」

「お任せください」

「お妃様の供は私たちがいたしますわ」

答えたのは玲琳ではなかった。近くに控えていた二人の女官である。

歳は二十に一歩届かぬくらい。顔立ちのよく似た双子の女官だ。姉は名を翠といい、妹の名は藍という。

この後宮で、葉歌に次いで玲琳の面倒を見てくれている女官で、玲琳は近頃ようやく彼女たちの顔を認識した。

「お前たちがついてきてくれるの？」

玲琳が首をかしげて問いかけると、双子は同時に首肯した。

「ええ、後宮の女官全員でくじ引きをいたしまして、見事私たちが——」

そこで二人は同時に顔を覆う。

「外れくじを引いたのでございます」

絶望の嘆息が零れる。

「それは災難だったわね。お前たちはそんなに斎へ行くのが嫌なの？」

「……斎帝国は大陸随一の煌びやかな大都会と聞きますわ。ぜひ一度は行ってみたいと思っておりましたが……正直、お妃様との旅路には不安しかございません」

翠は顔を覆ったまま緩く首を振った。

「だってお妃様と一緒に旅をするということは、虫と一緒に旅をするということじゃありませんか！」

藍は己の体を抱いてぶるぶると震える。

彼女たちの言う通り、玲琳は己の体の中に蠱を潜ませたままだ。しかし、それらは全く玲琳の命令を受け付けようとせず、姿を見せることすらしない。唯一言うことを聞くのは、玲琳を血ではなく顔で判断した毒蜘蛛一匹。その毒蜘蛛は今、玲琳の頭の上にのっていた。

「安心しなさい。この子はお前たちを傷つけたりしないから」

力強く保証する玲琳だったが、双子は抱き合って遠ざかった。

「そういう問題ではありませんわ！　仕舞(しま)ってくださいまし！」

「ごめんね」

玲琳は謝罪一つで彼女たちの訴えを退けた。この蜘蛛を仕舞いこんで二度と命令を聞いてくれなくなったらと思うと、心配で傍に置いておきたくなるのだ。

「この子はこのまま連れてゆくわ。大丈夫、慣れれば可愛いものよ」

「ひいいい……お許しくださいいいい……」

抱き合ったまま蒼白(そうはく)な顔で声を振り絞る双子。

玲琳はやれやれと嘆息し、彼女たちを置いて馬車に乗り込んだ。

双子が玲琳と同じ馬車に乗り込むまで、それからどれほどの時間を要したか……同乗した時の双子は、旅を終えたかのようにぐったりと疲れ切っていた。

そうして出立の時間がやってきたが、もちろん鍠牙は姿を見せない。

里里だけが不安そうに馬車を見つめている。

「陛下が寝込んでいらっしゃるなんて残念ですわね」

馬車の隅っこで身を縮めている翠が言った。

「じきに目を覚ますわ。あの男が目を覚ます前に出立するわよ」

僅かな供を連れての旅である。自分一人でも斎へ行くと言い切った玲琳を止められる者は鍠牙以外におらず、その鍠牙は今眠っている。全てを差配した側近の利汪は最後まで渋っていたが、それでも玲琳を止めることはできなかった。

「仕方がありませんわね。近頃風邪が流行っていますもの」

実際は邪魔をされないよう毒を飲ませたのだが、鍠牙は体調不良で寝込んでいるということになっていた。毒が抜ければすぐに目を覚ますだろう。

「行方不明の葉歌さんを捜しに行くなんて、お妃様は本当に女官想いですわ。けれども、どうせなら陛下がご一緒に斎へ行ってくだされば……」

藍はそこで言葉を切ったが、そうすれば自分たちが同乗しなくて済むのに――という言葉が先に続くことは明らかであった。

そんなに嫌かと玲琳はがっくりする。

「鍠牙は王だわ。そう易々と他国へ行けないでしょうね。私たちだけで行きましょう」

「私たち……その言葉にはもしや虫が含まれて……」

「ダメよ藍！　考えちゃダメ！　心を無にするのよ！」

身を寄せ合う双子と、彼女たちを苦笑しつつ見守る玲琳を乗せて、馬車は王宮から旅立った。

李玲琳は斎帝国の後宮で生まれた。

母は数多くいた側室の一人であり、また、唯一無二の蠱師でもあった。

そんな母のもとに生まれたことを、ふと疑問に思ったことがある。

『お母様、お母様は何故後宮に入ったのですか？』

幼い玲琳はそう聞いた。

部屋の外には雨がざあざあと降っている。

母と玲琳に与えられていたのは後宮の片隅にある暗く狭い部屋で、他を知らない玲琳には、ここがいい場所なのか悪い場所なのかも分からない。ただ、他愛(たわい)もない疑問を何気なく抱いたに過ぎなかった。

母はこの世で一番強い蠱師で、もっとふさわしい場所があるのではないか……

母は父に見初められて、無理やりここへ閉じ込められているのではないか……

幼い玲琳はふと考えたのだった。

しかし母はこともなげに言った。

『お前を産むためだ』

『私を産むために後宮へ入ったのですか？』

玲琳は酷く驚いた。

『ああ、あの男は……お前の父親は、蠱師を求めて蠱毒の里を探していた。たった一人で山の中をさまよい歩いていたのさ。あの男を見た瞬間、私はこの男の子を産みたいと思った。強く優れた蠱師を産むために、あの男の血が必要だと感じた』

その言葉の意味を嚙み含め、玲琳は反駁した。

『しかし私はお母様のように優れた術を使うことができません。お母様の娘として生まれたにしては無能な蠱師です。お母様は選択を誤ったのではありませんか？』

淡々と己を評価する玲琳を見下ろし、母は可笑しそうに笑う。

『生意気なことを言うものだ。幼いお前に優れた蠱術など使えるものか。無能を嘆く前に修行を積め、馬鹿者。私が選択を誤っただと？　愚問だな。いずれ分かるさ。お前は私を超える蠱師になるだろう。そういう風に、私はお前を産んだのだから』

その言葉は強烈な快感と誇らしさを伴って玲琳を満たした。

『そのために、お母様はお父様の後宮へ入ったのですね』

『ああ、私はどうしてもあれの子を産みたかった。それが私の欲で、願いで、夢だった。だから子を産ませてもらうのと引き換えに、あの男の願いを叶えてやったのさ』

『お母様はお父様のお願い事を叶えてあげたのですか？　お父様は何をお願いしたのです？』

『いいや……まだ叶えてはいない。あの男の願いは、いずれお前が叶えるだろう。斎の後宮の悍ましさと愚かしさを、お前もじきに思い知るだろう』

母はにやりと笑った。その美しさを、玲琳は永遠に見ていたいと思った。

そこで玲琳は目を覚ました。

どうやら自分は馬車の中でうたたねをしていたらしい。

母の夢を見ていた。おそらく母が死ぬ少し前のこと。すっかり忘れていた会話を、夢の中で鮮明に思い出した。

今の自分を見たら、母は何と言うだろう？　少しは母に近づけたのだろうか？

そういえば、結局父が母に願ったこととは何だったのだろう？　玲琳はそれを母から教えてもらっただろうか？　思い返してみるがよく覚えていない。

そんなことを考えながら窓の外を見ると、暖かな春風に色とりどりの花が揺れている。魁とは違う光景。

玲琳が魁を旅立って、もう半月が経っていた。

二台の馬車に、騎馬の従者が十人程。一国の王妃にふさわしからぬ小規模な隊列で、完全にお忍びの旅である。

半月をかけて、玲琳はこの日ようやく斎帝国へと入国した。久しぶりに故郷へ帰ってきたせいで、昔の夢を見たのだろうか？

ここが魁ではないのだと思うと、不思議な気持ちがする。ほんの八か月前まで暮らしていたはずの国が、遠い異国のように感じた。

鍠牙に邪魔されぬよう急いで出立する必要があったため、先に斎へ里帰りの許可を得ることはできなかったが、旅の途中で従者の一人を先行させ、一足先に玲琳の里帰りを斎の宮廷へ知らせている。

険しい顔で昏倒していた鍠牙のことを思い出す。今頃は目が覚めていることだろう。激怒しているかもしれない。そして玲琳が戻るまで、彼はほとんど眠れないに違いない。そう思うと、一刻も早く葉歌を見つけて魁へ戻らねばならないと感じる。

そんなことを考えながら窓の外を見ていると、景色はどんどん変わってゆく。建物が増え、人が増え、賑わってくる。そうして玲琳は巨大な城壁に囲まれた帝都鴻安へたどり着いた。

「まあ！　ここが斎の都なのですわね！　なんて立派な都市でしょう」

「すごいわ、翠！　あんなに大きな建物が！」

蟲を伴った半月の旅でずいぶんげっそりしてしまった双子は、窓から帝都の街並みを見て歓声を上げた。

魁とは比べ物にならぬほどの大都市だ。洗練された雅な建物が立ち並び、美しく着飾った人々が通りを歩く。独特な香の匂い。ここは紛れもなく斎帝国だった。

「ああステキ……斎というのは本当に大帝国なんですわね」

「そうね、私は宮廷の外をあまり知らないけれど」

玲琳は斎での暮らしを思い出す。玲琳がいつもいるのは毒草園で、周りにいるのは蟲たちばかり。それは斎でも魁でも変わらない。

「ねえ翠、お土産を買って帰りましょうよ。綺麗な織物とか、宝石の付いた簪(かんざし)とか、食べたこともないようなお菓子とか、きっとたくさん売ってるわ」

「嫌だわ、藍。仕事を忘れちゃダメよ。私たちはお妃様のお付き女官としてここへ来たのよ」

「だってそんなご褒美でもなくちゃ、私たち何のために半月の苦行に耐えたか分からないわ」

「それもそうよね。ほら見て、あの建物の美しいこと」

「まあ本当。後ろに巨大な毒蜘蛛さえいなければ最高の気分ね」

「うふふ、ダメよ藍。現実を見ちゃダメ。夢を見ましょう」

双子は頭に巨大な毒蜘蛛をのせた玲琳から目を逸(そ)らし、華麗な斎の風景に見入っている。

車窓の風景は見る見るうちに変わり、とうとう馬車は都の中央に位置する宮殿に到着した。赤を主体に作られた巨大かつ壮麗な門扉。窓からのぞいていた双子は、その威容に息をのむ。馬車はそこから中へと入る。

「なんてこと……斎の宮殿とはこんなにも……」

翠が呆けたように呟いた。

「これに比べれば魁の王宮など馬小屋ですわ」

祖国に対して酷い物言いである。玲琳は首を捻る。

「そう？　私にとってはお姉様が住まう場所という以上の意味はないけれど」

最も愛する姉がいて、最も尊敬する母がいて、最も信頼する葉歌がいた。玲琳にとってはそれが宮廷の価値だった。

馬車が停止し、玲琳は双子と共に地面へ降り立つ。

目前には魁の王妃を迎えるため、後宮の女官がずらりと並んでいる。彼らは優雅に礼をし、顔を上げるときつい瞳で玲琳を射た。嫌悪の情がありありと浮かんでいる。

「玲琳様、ようこそお越しくださいました。玲琳様の突然の里帰り、わたくしども一同酷く驚いておりますわ」

先頭にいた熟年の女官が慇懃に挨拶する。お帰りではなくようこそと女官は言った。そこに強い拒絶の意思がこもっている。

強い圧を感じたのか、傍らに控える双子が同時に身震いする。顔がこわばっているのが見て取れた。

「あの……お妃様、なんだか歓迎されている感じがしないのですが……」

翠が小声で耳打ちした。

「無論されていないでしょうね。私はこの宮殿に住む、ほとんどの人間に厭（いと）われているから」

さらりと返した玲琳に、双子はあんぐり口を開ける。

「な、何故です？」

「何故って……そうね、美を理解できない無粋な輩（やから）が多いからではないかしら？」

軽く肩をすくめて言うと、玲琳は斎の女官へ注意を戻した。

「お姉様にお会いしたいわ」

己を嫌っていると分かっている相手に、しかし玲琳は僅かも怯（ひる）むことなく要求する。

「皇帝陛下はただいま臥（ふ）せっておられます。お会いにはなれません」

淡々と返され、愕然とする。この女、今何と言った？　聞き間違いでなければ、彩蘭が臥せっていると言いはしなかったか？　あの彩蘭が——玲琳の最愛の姉が——臥せっている？

一瞬、ここへ来た目的が頭から吹き飛んだ。

「何ですって？　それはどういうこと？　何かの病なの？」

玲琳は手を伸ばし、女官の襟元をつかんで問い質した。そのはずみで、頭にのった蜘蛛がガサゴソと脚を動かす。女官は短い悲鳴を上げて身を引いた。

「玲琳様には関わりのないことですわ！　このような時に里帰りなど……少しは弁えてくださいませ！」

己の体を抱くような格好で声を荒らげる。

「ご理解いただけたのならお部屋でおとなしく……」

「お姉様はどこ？」

玲琳は女官の言葉を遮って尋ねた。

「ですからお会いには……」

「お姉様はどこにいるのかと聞いているのよ」

底冷えするような声で再び問う。女官は息をのんで言葉を失った。

「黙るのはおやめ。口を噤む権利を私はお前に与えていないわ」

玲琳は己が今どんな顔をしているのか自覚がなかったが、見据えられた女官はたちまち蒼白になって後ずさりした。そのまましばし見つめ合った末、

「……お部屋に」

女官は振り絞るようにそれだけを答える。

玲琳は無言で踵を返した。

「お待ちください、どちらへ！」

「お姉様の部屋へ行くわ」

玲琳はよく知った彩蘭の自室へ向かって歩き出した。

「いけませんわ！」

「止めたいのなら力ずくで止めてみなさい。お前たちがこの私を止められると本気で思うのなら」

冷ややかな声と共に、玲琳の頭にのった蜘蛛がしゅるしゅると銀の糸を吐いた。

女官は悲鳴を上げて腰を抜かす。

怯える女官を置き去りに、玲琳は斎の後宮を歩き出した。

蜘蛛は玲琳の頭や肩を移動し、周囲の人々を威嚇する。すれ違う人々は一人残らず悲鳴を上げて逃げ出した。その歩みを止める者はどこにもいない。

広大な斎の後宮はいくつもの区域に分けられており、中央に位置するのが皇帝の暮らす紫安宮（しあんきゅう）と呼ばれる建物だ。

玲琳は磨き上げられた長い廊下を歩き、紫安宮へと足を踏み入れた。もはや止めるどころか近づく者すら一人としていない。みな怯えながら遠巻きに見ているだけだ。

そうして皇帝の居室までたどり着いたところで、突然横から声をかけられた。

「玲琳姫!?」

驚いたようなその声は、低い男性のもの。振り向くと、目を真ん丸に見開いた四十がらみの男が立っていた。地味な服を着て、もっさりした髭を蓄えた武骨な印象の男だ。煌びやかな斎の後宮には似つかわしくない。

「兄上様？」

玲琳も思わず声を上げていた。

斎の後宮は基本的に男子禁制だ。皇族以外の男が入るには特別な許可がいる。しかし現在の皇帝彩蘭は女帝で、彼女の配偶者は当然後宮で暮らすことを許されている。目の前に立つ髭の男は彩蘭の夫であり、今や後宮で暮らすことを許された唯一の男性、普稀だった。

妻である女帝とはとても釣り合いがとれると思えぬ、冴えない中年の男である。彼は玲琳をまじまじと眺めて納得げに頷いた。

「なるほどねえ、どうりで女官たちがピリピリしていると思った。君が帰ってきていたのか」

玲琳は何度も頷いている普稀に駆け寄った。

「お久しぶりだわ、兄上様。お姉様はいったいどうなさったの？」

普稀は巨大な蜘蛛を纏わせた玲琳を恐れるように、ばばっと後ろへ飛び退った。

「すまないが、あまり近づかないでおくれよ」

警戒するように両手を突き出す。

「相変わらずね、兄上様。そんなことよりお姉様は？」

「ああ、そんな怖い顔をしなくていい。病というわけじゃないんだ。陛下は足を骨折してしまったんだよ」

途端、玲琳は己の肩が解けるように力が抜けるのを感じた。

「そうだったの。お命には別状ないのね？」

「もちろんだとも。お会いするかい？」

「それこそもちろんだわ」

玲琳は優雅な所作で、当然とばかりに己の胸を押さえた。

「じゃあついておいで」

普稀は歳にも風貌にも似合わぬ人懐こい手招きで、玲琳を呼び寄せる。彩蘭の部屋の戸を静かに開き、玲琳を伴って入室した。

部屋の中には幾人もの女官が控えており、玲琳を見て喉の奥を引きつらせた。

大陸にその名を轟かす斎帝国の、女帝に仕える女官としてふさわしくない、ヒキガエルのような声が漏れる。

普稀は彼女らの間を通り、部屋の奥へと足を進めた。

「彩蘭、玲琳姫がお見舞いに来たよ」

呼びかけたその先――温かく春の日が差し込む窓際の長椅子に、優艶な肢体を横たえている女性がいる。

斎帝国の女帝、李彩蘭その人である。

わずかの陰りもないその美しい姿を目の当たりにした瞬間、玲琳は弾かれたように駆けだしていた。

「お姉様！」

そう叫び、彩蘭の横たわる長椅子の足下に膝をつく。

彩蘭はゆったりと体を起こして、艶美に微笑んだ。

「まあ……よく帰って来ましたね、玲琳。ずっとあなたに会いたいと思っていましたよ、わたくしの可愛い妹」

「私もお会いしたかったわ、お姉様」

玲琳は彩蘭の手を取り頬ずりする。蜘蛛は彩蘭を脅かさぬようおとなしくじっとしている。

「お怪我(けが)は平気？」

よく見ると、彩蘭の左足に包帯が巻かれている。ずいぶん治ってきているのか、添え木はしていないようだ。女官は玲琳を彩蘭に近づかせぬよう大げさに言ったらしい。

「いったいどうなさったの？」

玲琳は悲しげな顔で彩蘭の脚を見つめる。

「恥ずかしいことですけれど、馬から落ちてしまったのです」

「馬？　お姉様が乗馬をなさったの？」

斎帝国の姫たちの間では、ここ数年乗馬が流行っていると聞いたことがある。退屈な姫たちはいつだって、刺激的な遊びを求めているのだ。

玲琳自身はどんな生き物も好きだが、特に乗馬を好んでいたわけではないし、彩蘭もさほど馬に関心があったとは思えない。

「飛国から贈られてきた馬だったのですよ」

飛国というのは斎の西に位置する国で、斎の友好国だ。伝統を重んじる古く歴史ある国でもある。

「実は今度、妹の一人が飛国へ嫁ぐことになっています」

「ああ、そうなの」

玲琳はさほど関心をそそられぬまま相槌を打つ。彩蘭以外の姉に全く関心がないことを、玲琳は隠そうと思ったことがない。

「その祝いに、飛国から馬が贈られてきたのですよ。飛国一立派な馬をわたくしにということでしたので、乗らないわけにはいかないでしょう？　そうしたら、わたくしを乗せたその馬に斎の馬が嚙みついて、喧嘩になってしまったのです」

「それで落馬してしまった？」

「ええ、恥ずかしいことに」

彩蘭は苦笑する。

「怪我だけですんでよかったわ」

玲琳は心底安堵し、息をついた。安堵が過ぎ去ると、今度は疑問が湧いてくる。

「その馬はどうしたの？」

「飛国から贈られた馬を罰するわけにはいきませんよ」

「喧嘩をしたという斎の馬は？」

「可哀想ですが、わたくしが気を失っている間に処分されてしまいました」

彩蘭を怪我させたという馬たちの姿を頭の中に思い浮かべ、玲琳の中で疑問はどんどん膨らんでゆく。

「……斎の馬は駄馬かしら？」

ぽつりとつぶやく玲琳に、険しい顔で控えていた女官の一人が異を唱えた。

「玲琳様、それはあまりに失礼な物言いではありませんか？　後宮の馬たちは姫様方の愛馬で……」

不快げに言い募る女官の言葉を制したのは彩蘭だった。軽く手を上げる……その仕草一つで女帝は女官の言葉を封じた。

「玲琳、あなたはしばしば人の理解を置き去りにしたことを言いますね。けれど、わたくしはあなたの発するそれらの言葉が、確かな意味を持っていると知っています。他の誰があなたに沈黙を求めても、わたくしはあなたの口を封じたりはしませんよ。言ってごらんなさい」

優しく言われ、玲琳は姉を見つめ返した。

「お姉様……愛しているわ」

「ええ、わたくしもあなたを愛おしく思っていますよ」

温かく冷徹な微笑みを向けられ、玲琳は満足げに笑う。

「私はね、お姉様。斎の馬が駄馬ではないと知っているわ。だとしたら、おかしくないかしらと思ったのよ。何故馬たちは喧嘩をしたのかしら？」

玲琳が己の抱いた疑念を説明すると、彩蘭は首を傾げた。

「何故とは……どういうことですか？」

玲琳は自分の知っていた斎の馬たちを思い出す。

「馬というのは臆病な生き物よ。虫一匹いるだけで取り乱すこともあるくらい神経質だわ。だけど、姫たちが乗るために揃（そろ）えられたこの後宮の馬は、どれも調教が行き届いているはずよ。他国の馬が一頭いるからといって、そう簡単に喧嘩するかしら？」

「ですが、所詮は馬ですよ？」

「いいえ、お姉様。馬は頭の良い生き物よ。お姉様がこの後宮で最も高い身分にあることを、彼らは理解しているわ。傷つけてはいけないと分かっているわ」

「そういうものですか？　だとしたら、馬が喧嘩をしたのには訳があったとあなたは思うのですか？」

「さあ、分からないわ。ただ、不自然なことだと思っただけ」

玲琳はそこで口を閉ざし、難しい顔で考え込む。

彩蘭はそんな玲琳をしばし眺め、不意に雰囲気の違う笑みを浮かべた。

「ところで玲琳……魁の王が側室を迎えたと聞きましたよ？」

優しい気配を僅かも殺してはいないのに、何故か刃物を突き付けられているような心地がした。玲琳は一瞬で馬のことを忘れ、蕩けるような笑みを浮かべていた。

「ええ、側室を一人迎えたわ。鍠牙はとても嫌がっていたけれど、私が決めたの。私のお気に入りよ。いつかお姉様にも会わせたいわ」

玲琳は得意げに――自慢のおもちゃを見せびらかすように言った。

彩蘭はたちまち笑みを収め、不思議そうにぱちぱちと瞬きした。やがてふふっと笑み崩れる。

「可愛いあなたが楽しそうでよかった。わたくしも嬉しく思いますよ」

「ええ、魁の暮らしは気に入っているわ」

「まあ……少し寂しく思えてしまいますね。では玲琳？　この度はいったいどうして里帰りを？」

探るように問われて、玲琳はようやくここへ来た目的を思い出し、真顔になった。

「お姉様、私は蠱師としての力を失ってしまったの」

率直に告げると、彩蘭はぽかんとした。彼女の視線は玲琳の顔から頭の上に移動する。そこにはどう見ても普通の生き物ではありえない、巨大な蜘蛛がのっている。

「どういう意味ですか？」

「そのままの意味よ。蠱師としての血がおかしくなってしまったわ。今まで可愛がってきた蟲たちが、みんな私の言うことを聞かなくなってしまった。この子は古参の賢い蠱だから言うことを聞いてくれるけれど……今の私には蠱が他に一匹もいないの」

話を聞きながら、彩蘭の表情は深刻さを帯びていった。

「何故そんなことになってしまったのですか？」

「葉歌よ」

と、玲琳はまた率直に答えた。

「ねえお姉様、側室を迎えたことをお姉様に知らせたのは葉歌ね？　葉歌は今でもお姉様に近況を知らせている？　最後に知らせを受けたのはいつ？」

「葉歌に何かあったのですか？　今回は同行させていないようですけれど」

「葉歌は突然姿を消してしまったわ。たぶん、あの子が私に何かしたのだと思う。見たこともないようなお茶を私に飲ませたの。蠱師にも効く毒だと言っていたわ」

彩蘭の表情が困惑の色に染まってゆく。

「……毒だと言われて飲んだのですか？」

「私が葉歌の用意したお茶を飲まないわけがないわ」

玲琳は即答。彩蘭は頭の痛そうな顔になって額を押さえた。

玲琳は、葉歌がいなくなってからのことを、一つ一つ順を追って説明する。

全て聞き終えると、彩蘭は深い息をついた。

「そうですか……そのようなことがあったのですね。分かりました。あなたが蠱師としての力を取り戻せるよう、わたくしも尽力しましょう。毒を飲まされたというなら、それを解毒しなければならないのでしょう？　そのために必要な薬剤や文献、大陸中から集めましょう。ここでゆっくりと力を取り戻してください」

彩蘭は励ますように玲琳の手を取った。玲琳は小首をかしげる。

「いいえ、お姉様。私に毒を飲ませたのが葉歌なら、葉歌を見つければいいのよ。私は葉歌を取り戻したいの」

「……玲琳、葉歌のことは諦めなさい」

にこりと彩蘭は笑った。

「諦めろって……どうして？　お姉様」

玲琳は驚いた。彩蘭がそんな風に容易く葉歌を切るとは思いもしなかったからだ。彩蘭ならば、使える者だと判断すれば裏切り者でも使うだろう。なのに葉歌を切ると言う。驚いている玲琳に、彩蘭は言葉を重ねる。

「捜しても無駄だからですよ。葉歌が自分の意志であなたの前から去ったのなら、きっともう戻っては来ないでしょう。残念ですけれど、諦めなさい。尽くしてくれるものが欲しければ、別のをあげましょう」

汚してしまったお気に入りの服を買い替えてあげるとでもいうように——

「いいえ、お姉様。私はあれがいいの。代わりはいらないわ」

玲琳もまた、お気に入りに執着する子供のごとく答える。

「仕方のない子ですね……けれど、葉歌は戻らないと思いますよ？」

「どうしてそう思うの？　お姉様……今初めて聞くわ。あれは……葉歌はいったい何者なの？　どこから来て、どうして私の女官になったの？　お姉様は何故、葉歌を私に下さったの？」

そのことを、玲琳は今まで一度も聞いたことがなかった。そもそも葉歌がどこの何者であるか、関心がなかったのだ。何者であろうと葉歌は玲琳を守ってくれたし、玲琳は葉歌を誰より信頼していたからだ。

「蠱師の血をおかしくするような毒を用意できる人間は、そういないわ。葉歌にはそれを用意できる力があった。その事情を、お姉様はきっと全部ご存じね？」

鋭く問いかけられた彩蘭は、しかし淡い笑みでそれを受け流した。

「諦めなさい、玲琳」

優しく諭す彩蘭から真実を聞き出すすべを、玲琳は持っていなかった。

「お妃様！　やっと戻ってきてくださった！」

玲琳が彩蘭との謁見を終え、後宮に残されていた自室へ案内されると、双子の女官が涙目で駆け寄ってきた。

「お妃様は私たちを置いて行ってしまうし、斎の女官たちは冷たいし、ここに案内されてから誰も来ないし、心細くて……！」

彼女たちは泣きながら文句を言う。

「お妃様、いったいどうしてあんなに嫌われてるんです？　この後宮で何をしたんですの？」

非難のごとき問いを受け、玲琳は首をひねった。

「どうしてと聞かれても、斎の後宮は偏屈で、蠱師を嫌うのよ」

そもそも彼女たちだって、玲琳の旅に同行するのを嫌がっていたではないか。だというのに、玲琳の答えを聞いた双子は、目からうろこが落ちたという様子だ。

「な、なるほど……私たちはお妃様が虫を愛でていることに、もはや諦めの境地ですけど、斎の方々はそうじゃないということですわね」

納得する翠。

「それにしたって、斎の女官たちはあまりに失礼じゃありません？　お妃様が嫌われるのは理解できましたけど、私たちまで虫仲間のように思われるのは心外ですわ。お茶の一つくらい出してくれたっていいのに。私たち、ここでずっと放置されていたんですのよ？」

ぷんすかと訴える藍。彼女の物言いもなかなかに失礼ではある。

「気の毒だけれど我慢なさい。私がこの後宮で丁重に扱われたことなどないのだから。私の女官であるお前たちも、同じように扱われることでしょう」

玲琳が残酷な事実を告げると、双子は同時に床へ頽れた。

そんな二人を目の端で眺め、玲琳は謁見の場を思い返す。何か知っている様子だった彩蘭のことを。

「お姉様は葉歌のことを何か知っている。いったい何をご存じなのかしら……」

床に座り込んだ翠がちらと顔を上げる。

「そうなんですか？　もしかして……李彩蘭様が、何か企んで葉歌さんをここへ呼び寄せたということは？」

玲琳はぐるぐると部屋の中を歩きながら思案した。

それならそれで構わない。例えば葉歌が彩蘭の命令で玲琳に毒を飲ませて姿を消したのだとしたら、それでいいのだ。

玲琳は彩蘭の手のひらで踊る用意ならいつだってできている。他の誰より上手く踊ってみせる。彩蘭が玲琳の愛する姉のままでいる限り。けれど……

「違うわ。お姉様は私の大事なものを取り上げたりなさらないわ」

玲琳の言う大事なものとは、葉歌ではなく蠱師の血のことだ。彩蘭にとって蠱師たる玲琳は特別な存在である。その血を損ねることなどするはずがない。ならば葉歌も、彩蘭の思惑で動いているわけではないということになる。

「李彩蘭様はそのように思いやりのあるお方なのですか？　私どもは拝謁したことがございませんが、噂では悪辣非道な斎の女帝と聞きますわ」

「へえ？　いったい誰がそんな気の利いたことを？」

彩蘭の本性を知る者などそうはいないと思っていた。

「ええと……里里様がおっしゃってましたわ」

「そうそう、里里様は御父上の姜大臣から聞いたと」

なるほど確かに玲琳も、里里の父である姜大臣が、以前彩蘭をそう称していたのを覚えている。

「ええ、確かにお姉様は悪辣非道な女神のごときお方。だけど、私の大切なものを奪うようなことはないわ。何故なら私は、お姉様の大事な道具だから。お姉様は私が使い物にならなくなるようなことはなさらないの」

自慢げに己の胸を押さえ、玲琳は姉の道具であることを誇った。

「そ、そうですか……それなのに李彩蘭様はお妃様に隠し事をなさっているというんですの？　なんだか嫌な予感がしますわ。私たち、危険なことに巻き込まれかけているのでは？」

「そうかもしれないわね。それでも盗(と)られたものは奪い返さなければ」

「お妃様……そんなにも葉歌さんのことを……！」

翠が感極まったように口元を押さえる。

「ええ、必ず取り戻すわ」

「私どもも、微力ながらお手伝いいたしますわ！」

微妙に嚙み合わぬ会話を続けながら床に座り込んでいる双子は、決意を示すように深々と礼をした。

「だけど馴染(なじ)みのない斎の後宮では、お前たちも動きづらいでしょう。斎と魁はずいぶんと違うから」

「それは……確かにそうですわね。魁とは全然違いますわ」

翠は膝をついたまま部屋の中を眺めた。

「建物も着る物も違いますし……きっと文化も全然違いますでしょう？　迂闊に動いて咎められては、お邪魔になってしまうでしょうか」

困ったように眉を寄せる翠。そこでふと思い至ったように藍が顔を上げた。

「不思議に思ったのですけれど、斎の後宮には男性がいらっしゃらないのですか？」

「ああ、そうね。後宮に入れる男は限られているわ。下働きの人間も全員女よ。今この後宮にいる男は、兄上様だけね。私と血の繋がった本当の兄は全員死んでいるから」

玲琳は、物騒なことを最後にさらりと付け足して説明する。

藍は瞠目した。

「殿方は入れないんですの!?　それは何故なのでしょうか？　今の皇帝が女性なら、男子禁制にする意味はあるのですか？」

確かに藍の言う通り、男子禁制の目的は皇帝以外の男の血が混ざることを防ぐため——というところが大きいのかもしれない。だとするなら、今斎の後宮で男子の出入りを制限する意味があるのかと言えば——

「意味はあるわ」

玲琳は軽く腕を組んで窓の外を見た。春の盛りを迎え、花々の咲き誇る庭園がある。

「この後宮には、未婚の皇女がまだ何人も残っているのよ。それらを無事に然るべき場所へ嫁がせなければならないわ」

視線の先を、真白き蝶がひらりと飛んだ。

「お姉様のためではなく、お姉様の大事な妹を守るために、ここは男の出入りが禁じられているの」

にいっと笑う玲琳を座ったまま見上げ、藍は納得したように一つ頷いた。

「まるで家畜ですわね」

非難というよりは感心したような響き。

「ええそうよ。斎の皇女は、みなお姉様の大事な家畜。決して傷つけられぬように守られているわ」

とはいえ、玲琳は彩蘭以外の姉たちからずいぶんな扱いを受けていたので、傷を作るのは日常茶飯事だったが。

「……お妃様は、李彩蘭様を慕っておいでなのですわね。もしかして、祖国へ帰ってきたいという思いがおありですの？」

翠が少しばかり心配そうに聞いてきた。

「もしそうなっても、お前たちのことはちゃんと魁へ帰してあげるわ」

それを案じているのだろうと察し、玲琳は気を利かせてそう言った。しかし翠は、真剣な顔でかぶりを振った。

「いいえ、お妃様も帰らなくちゃいけませんわ！　お妃様がお戻りにならなければ、陛下がお可哀想です！」

翠の発言に、傍らの藍も同意する。

「その通りですわ、お妃様。たとえどのようなお方でも、陛下にはお妃様が必要なのですわ！」

拳を固めて断言され、自分はいったいどのようなお方だと思われているのかと玲琳は訝ったが、彼女たちがあまりに真剣だったので茶化すことはしなかった。

楊鍠牙は臣下にも女官にも慕われている。彼がそれくらい誠実に真摯に――己の毒を隠して生きてきたからだ。

それを知っている者は玲琳しかいない。あの毒は玲琳のもの。だから――

「もちろん私も帰るわ。鍠牙が寂しくて泣いてしまわないうちにね」

にんまり笑い、窓辺の椅子に腰かける。

「そのために、葉歌をどうやって見つけ出すか考えなくては」

窓枠に頭を預けて、思案しながら目を閉じた。

玲琳の去った皇帝の居室で、女帝彩蘭の夫である普稀は妻の傍らに跪いた。

「僕は玲琳姫の味方をしてもいいかい？」

問われた彩蘭は優しい微笑みを返す。

「どうしたのですか？　急に」

「……葉歌というのは、彼女のことだろう？　彼女を玲琳姫の女官にしたことが本当に正しかったのか、僕は今でも分からない。もしかしたら、彼女に対してとても酷いことをしていたのかもしれない。そのつけを、玲琳姫が今払おうとしているのかもしれない」

普稀はしゃがみこんだまま、彩蘭の顔を覗き込んだ。

「……わたくしを非難するつもりですか？　普稀」

彩蘭は微笑みを絶やすことなく、淡々と問いかける。

「いいや、僕は君がどれほど残酷なことをしようと、全て肯定する。頭のてっぺんから足の先まで君の下僕だ。だから、玲琳姫の味方をするんだ。あの姫は君の大事な蠱師だろう？　その力を損ねたままでいるわけにはいかない」

真摯に訴えられ、彩蘭は白魚の手を伸ばす。夫の頬に触れる。

「あなたが味方をしたところで、葉歌は戻りませんよ？　わたくしにも玲琳にも黙って姿を消したということは、きっと葉歌は一族のもとへ帰ってしまったのですよ。生まれに従い、己の役割を果たせと命令されてしまえば……葉歌は拒むことができないでしょう。そういう一族に、彼女は生まれてしまったのですから。玲琳の力を取り戻すのなら、他の方法を考えなくては」

普稀は己の頬に触れる彩蘭の手を握った。

「そうだね、葉歌は危険な人だ。彼女が玲琳姫の力を奪ったというなら、易々と返しはしないだろう。だからこそ僕が行くんだよ。それにね、たとえどこに生まれても、どう育っても、どこで生きたいか決めるのは彼女自身だ。彼女が玲琳姫のもとに戻りたいと願えば、それは叶えられるはずだ」

しかし彩蘭はかぶりを振る。

「無駄ですよ。葉歌は玲琳のもとに戻りません。けれど……無駄だと分かっていることに力を尽くすことも、時には必要なのかもしれませんね。無駄だということを思い知るために。普稀、玲琳に手を貸してあげてください。何をしたところで、葉歌はもう戻らないでしょうけれど」

どこまでも優しく――そして残酷に、彩蘭は告げた。

第二章

ふと気が付くと、玲琳は暗く狭い部屋の中で母と向き合い座っていた。

ざあざあと雨の音がする。

母は六年前に死んでいる。自分が今夢を見ているのだとすぐに分かった。夢の中の玲琳は十歳頃の幼い姿をしていた。

『お母様、私がお母様より優れた蠱師になることができたら、私はこの世で最も強い生き物になるのですか？　今はお母様がこの世で一番強いのでしょう？　蠱師を殺せる者はいないのでしょう？』

純粋な好奇心から玲琳は聞いた。しかし母は険しい顔でかぶりを振った。

『いいや、蠱師を殺せる者は存在する。お前の前にもいずれ現れるだろう』

『お母様を殺せる者がいるだなんて信じられません。お母様の毒は何より強い猛毒なのに』

幼い玲琳は納得がいかず反論する。母はふっと笑った。

『毒が効かぬ者もこの世にはいる。お前は蠱師が万能ではないことを理解すべきだ。それはいずれお前を殺しに来るぞ』

　殺しに来ると言われても玲琳に恐怖はなかった。ただ、強く好奇心を刺激された。

『それは何という者なのですか？』

『この世に存在するあらゆる毒を無にする――という意味を冠する者。森羅（しんら）という』

『森羅……それはお母様を殺せるのですか？』

『ああ、殺せる。実際、森羅は私を殺しに来たぞ』

『では何故お母様は生きているのですか？』

『上には上がいるからさ。覚えておきなさい、玲琳。斎の後宮は鬼の巣窟だ』

　言いながら、母はこの上なく楽しそうに笑っていた。

「お妃様！　お目覚めになってくださいまし」

　呼ばれて玲琳は目を覚ました。椅子に座ったまま寝ていたのだ。窓の外を見れば、太陽は頂点を過ぎた頃か。

　また夢を見ていた。今の今まですっかり忘れていた昔の夢。こんなにも母のことを夢に見るのは初めてのことで、玲琳は不思議に思う。自分は母を恋しがっているのだろうか？　蠱師の力を奪われて不安になっているのだろうか？

「斎の女官が来ていますわ」

寝起きでぼんやりしていた玲琳に、翠が緊張の面持ちで伝えてくる。玲琳はのっそり起き上がって、訪ねて来た女官とやらを迎え入れた。

「玲琳様をお迎えするべく、宴(うたげ)の用意が整っています」

斎の女官は開口一番そう告げた。

宴という言葉にふさわしからぬ冷ややかな態度で言われ、玲琳は訝った。玲琳の里帰りを歓迎するような人間が彩蘭以外にいるとは思えない。彩蘭も、宴の話などはしていなかったように思う。

「私は行かないわ。宴とやらに出る理由がない」

玲琳の目的は葉歌を見つけて連れ戻し、蠱師の力を取り戻すことだけで、他のことにかかずらっている暇はない。

取り付く島もない玲琳に、女官は非難の目を向ける。

「玲琳様を歓迎するために姫様方が用意してくださったのですよ」

「それはありがとう。私ではなくもっと暇な人間を招待しておあげ」

玲琳は女官を追い払うようにひらりと手を振る。

「すまないけど玲琳姫、宴に出てあげてくれないか」

突如口を挟んできたのは、入り口からひょっこり顔だけ覗かせた普稀だった。そういう行動をとると、人相も相まって妙に胡散臭く見える。女帝の寵愛を一身に受ける男とはとても思えないのだった。

「兄上様の開く宴なの？」

「いいや、琉伽姫の主催する宴なんだよ」

　その名を告げられ、玲琳は微動だにせず黙考した。固まっている玲琳を見て、普稀は察したらしい。

「やっぱり覚えてなかったか……琉伽姫というのは、君の姉上の一人だ。先代皇帝の正妃が産んだ姫で、今度飛国に嫁ぐことが決まっている。彼女は気まぐれで誇り高い姫だからね、機嫌を損ねると面倒なんだ。飛国とはうまくやっていかなくてはならないから、この縁談は無事に成立させたいんだよ。だからすまないけれど、宴に出てあげてくれないか」

「それがお姉様のためということね」

「そういうことだね」

「仕方ないわ。ならば出ましょう」

　玲琳はすっくと立ちあがった。

「斎帝国の宴ですって」

「どんな風かしら？　魁とは違うのかしら？」

「それはもう段違いでしょうよ」

双子の女官が後ろでひそひそと話し合っている。玲琳は振り返って声をかけた。

「お前たちも宴に出たい？」

「えっ⁉　いいんですの？」

双子はたちまち目を輝かせた。斎の後宮は不安だの、女官が失礼だのと、文句を言っていたのが嘘のようである。

「兄上様、彼女たちも連れていって構わないかしら？」

玲琳が普稀に確認すると、彼は大きく頷いた。

「もちろんいいとも」

彼の答えに斎の女官はいささか不満な顔を見せたが、表立って反論することはなかった。彼は女帝李彩蘭が選んだただ一人の夫。この後宮で彼にたてつく者などいるはずもない。

双子は顔を輝かせ、急いで玲琳の身支度をしようと気合を入れたものの、玲琳が持ってきた衣装は少なく、宴と称される場に着てゆくには地味なものばかりだ。双子は少しでも玲琳を着飾らせようと腐心した。

「ええと……その姿で行くのかい？」

支度を終えた玲琳を見て、普稀はあいまいな微苦笑を浮かべた。

「衣装が地味すぎる？」

玲琳は小首をかしげて聞き返す。が、普稀は困ったように首を振った。

「いや……そうじゃなく……その方も同行させるのかな？」

その方と言いながら彼が示したのは、玲琳の頭にのる巨大な毒蜘蛛である。

「もちろんよ。この子を傍から離すなんて考えられないわ」

玲琳は目の前に下りてきた蜘蛛の脚を軽く撫でる。

「うーん……うん、何も見なかったことにしよう」

彼はそう己を納得させ、玲琳と双子を宴の場へと案内した。

道すがら、すれ違う女官たちはみな、嫌悪の眼差しで玲琳を見た。どこにいてもどこを歩いても、玲琳をこの目で見ないものはほぼいないと言っていい。斎帝国の後宮に、玲琳を嫌わぬものはほとんどいない。

恐ろしい毒を生み出し、人を呪い殺す蠱師。気味の悪い蟲を愛でる異常者。

皆が玲琳をそう呼んだ。それは今も全く変わっていない。

おそらくそんな視線には慣れていないであろう双子の女官は、その視線に戸惑いと恐れを感じているようで、居心地悪そうに身を縮めている。さっきまでの浮かれた様子がすっかりなりを潜めている。

やはり宴などに出ると言わなければよかったと、玲琳は今更後悔した。玲琳は人に疎まれることをどうも思わないが、世間にはそれに痛痒を覚える人間もいるということは知っていた。

自分に付き従って他国までやってきたこの双子に、嫌な思いをさせたいわけではない。何かあったら守ってやらねばと思うのだった。

普稀に案内されて到着した場所は、後宮の中でも最も広く美しい庭園だった。池には煌びやかな船が浮かび、用意された卓には贅を尽くした菓子や食べ物が並んでいる。珍しい花が咲き乱れ、薫風に揺れている。

花の中で、花より華美に着飾った女たちが待っていた。明るい陽の差す昼間の庭園で、姫たちは花の宴を催している。

玲琳は彼女たちを誰一人として覚えていなかった。しかし、この場にいるということは、おそらく玲琳の姉たち――または彼女らの縁者なのだろう。

現れた玲琳を見て、彼女たちは一様に毒虫を見つけたかのような顔をした。実際玲琳の頭には巨大な毒蟲がのっている。

玲琳に付き従っている双子の女官は、想像以上の華やかな光景に圧倒されていた。嫌悪の視線に勝る圧迫感が、この豪奢な風景にはあるのだろう。

「お久しぶりね、玲琳」

集う姫たちの中心にいた一人の女が、小馬鹿にしたような笑みを浮かべて言った。

この中でもとりわけ豪奢な衣装に身を包み、煌めく宝飾品で己を飾り立てている、玲琳よりいくつか年上の女だ。胸元を広く開けた意匠は、今の流行に合ったもの。長い巻き毛を洒落(しゃれ)た形に結い、派手な化粧を施した目で玲琳を見据えている。きつく吊り上がった目元が、彼女の性格を如実に表していた。

女は玲琳を上から下までじろじろと眺める。

「相変わらず、なんて気持ちの悪い虫を連れているのかしら。それに、ずいぶんみすぼらしい格好だわ」

扇で口元を隠し、馬鹿にしたようにくすくすと笑う。

それを聞き、玲琳の背後で固くなっていた双子の女官がムッとした顔になった。

「誰なんですの？　あの失礼な方は」

藍が小声で玲琳に聞いた。誰と問われ、玲琳は眉を顰めて女を見返し、

「お前は誰かしら？」

軽く首を傾げた。誰何(すいか)された女は絶句する。わなわなと震えだし、怒鳴りそうに口を開いて――しかし強い息とともに怒りを吐き出した。

「あなた、本当に変わらないわね。どこまで私を馬鹿にすれば気がすむのかしら」

「馬鹿にしているというか、馬鹿だと思っているだけよ。何故名乗らないの」

玲琳は呆れた。「変わらない」と言うならば、玲琳が人の顔を覚えぬことくらい分

かっているだろうに、何故名乗らないのか理解できない。

「あわわわわ……お妃様……さすがに失礼すぎますわ」

誰何の発端となった藍は慌てた。

葉歌であればきっと、もっと狼狽えて喚いただろうなと玲琳は思った。

玲琳をここまで案内してきた普稀が、見かねて耳打ちする。

「彼女が琉伽姫だよ。ほら、言っただろう？　この宴の主催者だ」

「ああ……お父様の正妃の娘だとかいう……」

玲琳はなるほどと納得した。

玲琳の父は多くの側室を持ち、多くの子がいたが、正妃との間には娘が一人いただけだ。

「お前のことは知っているわよ。覚えてはいないけれど、知識として頭に入っている。お前はこの後宮で一番私を嫌っていて、一番多く嫌がらせをしてきた女でしょう？　何度も顔を合わせたわね。けれど、印象が薄くて記憶に残っていないのよ」

玲琳はぽんと手を打ち、悪びれもせずに言った。

女――琉伽の頬が羞恥と怒りでカッと染まった。

琉伽は菓子や茶が並んだ卓から、盃をとって力任せに投げた。それは玲琳の横を通り抜け、芝生に落ちる。

「……相変わらず物を投げるのが下手ね」

　玲琳はくすっと笑った。

　琉伽はつかつかと歩みより、玲琳の眼前に立った。玲琳に対する怒りが、蜘蛛に対する嫌悪と恐怖に勝ったらしい。

　一触即発の雰囲気に、真っ青になっていた双子の女官が慌てて玲琳の前に出た。

「お、恐れながら……お妃様のお姉様でいらっしゃいますか？　でしたらどうか、無体な真似はご容赦くださいませ」

「わ、私たちにとっては大切なお妃様なのですわ。どうか傷つけるようなことはなさらないでくださいまし」

　翠と藍は震えながら口々に訴えた。途端、水を打ったように宴の場が静まり返る。ややあって、波紋が広がるようにざわめきが起こった。

「嘘でしょう……？　あの女官、玲琳を庇ったわ」

「あんな異常者を庇うなんて、魁はいったいどんな国なのかしら」

「きっと私たちには想像もできない蛮族の国なのよ。自分がどんな化け物を王妃と呼んでいるか、分かっていないんだわ」

　姫たちはひそひそと魁を悪しざまに言う。突然の悪意に晒された翠は青ざめ、藍は羞恥で赤くなった。

「お言葉ですが……お妃様は立派なお方ですわ。確かに恐ろしい蠱師ですが……私たちを救ってくださいました。何より、陛下の寵愛を一身に受けておられますわ！」

藍は拳を握って言い返した。しかしその訴えは一笑に付される。

「寵愛ですって？　蛮族の王に寵愛されて何が嬉しいのかしら。それに、知っているわよ？　魁の王は側室を迎えたのでしょ？」

琉伽は勝ち誇ったように言った。ぐっと黙った双子に、琉伽は詰め寄る。

「無礼な口を利くのはよした方がよくってよ。私は最も高貴な血を引く斎の皇女。この私にとって、玲琳など妹でも何でもないのだから！」

彼女の言う通り、先代皇帝の正妃は元々皇族の姫であり、この国で最も高貴な血筋と言って間違いない。その正妃と皇帝の間に生まれた琉伽は、血筋だけを見れば女帝彩蘭よりも高貴な娘であった。斎では母の身分がものをいうため、同じ皇女でも玲琳と琉伽では立場が違う。

琉伽の勢いに、その言葉の持つ圧力に、双子は言い返すことができない。

黙って見守っていた玲琳は、淡々と呟いた。

「私もお前には興味がないわ。だけどお前の気持ちはよく分かる。血筋を誇るのは人の本能よ。私も蠱師の血を引いて生まれた自分を誇りに思うわ」

そこでわずかに目を細め、鋭くなった眼差しで琉伽を射る。

「蠱師を見下すそこのお前、お前のことも思い出したわよ。幼い頃、お前は病弱で熱を出すたびお母様の薬を飲んでいたね。高熱の夜はお母様の部屋に泊まって、泣きわめいていたこともあったわね。好きな子と喧嘩したとか、他の女と仲良くしていて腹が立つとか言って、涙や鼻水を垂らしていたわね。私はお前に興味がない。お前の顔も覚えていない。だけど、お母様の患者は覚えているわ。蠱師であるお母様に頼りきりだったお前が、誰にどんな口を利いているつもりかしら？」

威圧的な物言いが出た。興味がないはずの相手を攻撃してしまったのは、玲琳を庇った双子が気の毒だと思ったからだ。

たちまち琉伽は顔を真っ赤にした。

「あ、あなた！　何をくだらないことを！　そんなの……言いがかりよ！　ずっと昔のことじゃないの！」

「ずっと昔の事実であると認めるのね？」

「ちが……っ！」

違うと言いかけ言葉を失い、茹でダコの様相でぶるぶる震えている。

「お前は私を殴りもした。蹴りもした。罵詈雑言を浴びせることなど日常茶飯事。そんな風に私をいたぶり続けながら、それでもお前は私のお母様に頼らなければ大人にもなれなかった。高貴な振りをしたところで、お前の本性など分かっているわ」

途端、玲琳は己の頬が鳴る音を聞いた。乾いた音が春の陽気に響く。きつく歯嚙(はが)みした琉伽が、双子を押しのけ玲琳を平手で殴ったのだ。

「お妃様！」

双子が慌てた。やり取りを見守っていた姉たちが、苦虫を嚙み潰したような顔になった。ここまで大事にするつもりはなかったのだろう。

ただ一人、琉伽だけが激情の矛を収められずにいる。玲琳の頭にどれほど恐ろしい毒蟲がのっているのか、忘れてしまうほど怒り狂っていた。

「もう一度言ってみなさいよ!! 私の本性が何ですって!?」

喉が裂けんばかりに怒鳴った。そしてもう一度腕を振りかぶる。

「琉伽姫、やめるんだ！」

普稀が慌てて間に割って入る。琉伽の腕を押さえようとしたが、琉伽はその前に普稀の手を叩(たた)き落とした。

「普稀様、邪魔ですわ。あなたのような下賤(げせん)の方がこの私に触れようだなんて、おこがましい」

「確かに僕は、君たちから見れば下賤と呼ばれても仕方がない身分の人間だが……彩蘭の夫でもある。喧嘩を仲裁する権利くらいはあるんじゃないかな」

普稀は困ったように言い返した。

「それはお姉様が愚かだったからよ。身分の低い護衛官を夫にするだなんて、恥ずかしいと思わないのかしら」

ありったけの侮蔑を込めて琉伽は言う。

琉伽の言う通り、彩蘭の夫である普稀は、元々先代皇帝に仕える護衛官であった。高貴な出自でもない、剣一本で皇帝に仕えてきたただの武人だ。彩蘭が夫に選んだのはそんな男だった。

普稀を愚弄する琉伽を見て、玲琳はくっと笑った。

「お前は本当に変わらないわねえ」

小馬鹿にしたような薄笑いを浮かべ、玲琳もまた腕を振りかぶった。自分の頬を打った琉伽を――何より彩蘭を馬鹿にしたこの女を――許す理由が玲琳にはなかった。

「いや、ちょっと待ってくれ、玲琳姫！」

ぎょっとした普稀が止めようとするが、玲琳は躊躇（ちゅうちょ）しない。

斎の皇女と魁の王妃の殴り合い――それが今まさに始まろうとしたその時、振り下ろされかけた玲琳の腕は背後から摑まれた。

「玲琳様、おやめください」

玲琳を止めたのは一人の男だった。精悍な顔立ちの若い男で、武装している。男は険しい顔で玲琳の腕を摑んでいた。玲琳は訝しげに男を見返した。

「お前は何者？」

「後宮の衛士を務めております、乾坤と申します」

「へえ……そう。その衛士が何故私を止めるの？」

「と、止めるのは当たり前ですわ、お妃様……」

怯え切った翠が男——乾坤の代わりに答えた。

「後宮の治安を守るのが私の仕事ですので」

乾坤は淡々と言う。愛想のない男だと玲琳は思った。掴まれた腕を振り払い、玲琳は再び琉伽と対峙した。

「邪魔が入ってしまったようだから、今回だけは許すわ」

「許すですって？　あなたのような汚らわしい人間がこの私を許す？　いったい何様のつもりで……」

玲琳の物言いが気に喰わなかったらしい琉伽はそこまで言って、ふと言葉を止めた。焦点の合わぬ瞳が空の一点を見つめ、突如彼女は涙を流した。玲琳はぎょっとした。琉伽の瞳から、幾筋もの涙があとからあとから流れてくる。

それを見て、双子の女官が悲鳴を上げた。

琉伽の流す涙は黒かった。

「姫様！」

琉伽のお付き女官たちも愕然として叫んだ。

琉伽は墨のように黒い涙を流し、不意に体を前に折る。大きく開いた口から、琉伽は大量の黒い物を吐き出した。泥のような墨のような黒い何か。

それを吐きながら地面に倒れこみ、琉伽は白目をむいて痙攣（けいれん）している。

玲琳は呆然とその姿に見入る。

「お、お妃様……これってまさか……」

双子の女官はお互い抱き合って震えている。

玲琳は答えず、険しい顔で琉伽の傍に跪こうとした。しかし姉の一人が怯えた顔で玲琳を突き飛ばし、琉伽から引き離す。

「この化け物！　あなた、琉伽姉様を呪ったわね！」

「私たちを殺すためにここへ戻ってきたの！」

「乾坤！　この化け物を捕らえて！　いいえ、今すぐ斬ってちょうだい！」

琉伽の異状を目の当たりにした他の姉たちは、たちまち恐慌状態に陥った。

「……ご無礼お許しください」

深刻な表情でひとしきり考えた乾坤は、玲琳の腕を捕まえる。

「お放し！」

玲琳は怒鳴った。頭上の蜘蛛ががさがさと脚を動かす。しかし玲琳の意志に反し、蜘蛛はそれ以上の行動をとらない。玲琳はぞっとした。他の蟲たちと同じように、この蜘蛛も玲琳を蟲師として見限ったのかと恐怖した。

「あなたもなの？」

愕然とする玲琳を、乾坤は無情に引いて行った。

夜にはもう、里帰りした毒姫が姉を殺そうと毒を飲ませた——という噂が後宮中に広まっていた。

「いったいどうしてこんなことに……」

双子の女官は床に伏して嘆いている。

「葉歌さん……お願いですからどうか帰ってきてください。こんな事態、私たちの手には負えません。お妃様についていける女官は、葉歌さんしかいませんわ」

嗚呼と訴える女官たちをよそに、玲琳は窓辺の椅子に座って膝に蜘蛛をのせていた。真剣な顔で蜘蛛と対峙し、指先を切って血の球を出す。

恐る恐る差し出すと、蜘蛛はその血をすすった。玲琳は椅子から滑り落ちるかと思うほど安堵した。

「よかった……あなたはまだ私の蠱でいてくれるのね」

安堵が去ると、玲琳は昼間の光景を思い出す。何の前触れもなく、琉伽は黒いものを吐いて倒れた。玲琳にはその正体を感じ取ることすらできなかった。あれはいったい──

悔しさと興奮が胸の内に混在して湧き上がった。

そこで部屋の戸が叩かれた。

「どなたですの？」

翠が声をかけると、扉が開かれ一人の男が入ってくる。彩蘭の夫、普稀だった。

「玲琳姫、大変なことになってしまったね」

「彼女は？」

玲琳は開口一番問うた。

「琉伽姫のことかい？　意識が戻らないね。医師が験蠱法を試して、間違いなく蠱病だと診断が下ったよ」

蠱病という言葉に玲琳は眉を顰める。

そこで座り込んでいた藍が立ち上がり、すごい勢いで普稀に詰め寄った。

「誤解なのですわ！　お妃様は確かに恐ろしい蠱師です！　でも、むやみに人を傷つけたりしませんわ！　お妃様は犯人ではありません！」

「そうですわ！　実際、魁の後宮でお妃様が誰かを傷つけたことはありませんのよ！

あの姫は蠱病に冒されているのかもしれませんが、お妃様は無実ですわ！」

顔の似た二人の女官に詰め寄られ、普稀は少し身を引いた。

「落ち着いておくれよ。それにしても驚いたなあ。魁の女官は、玲琳姫が犯人ではないと信じているんだね」

「あたりまえですわ！　お妃様は陛下の大事なお方、不当に拘束したり処罰したりするようなことは許されませんわよ！」

「そうです！　国際問題ですわよ！」

双子は血走った目で訴える。

「そうだね、君たちの言うことは正しい。だが、今この後宮では玲琳姫が琉伽姫を殺そうとしたという話でもちきりだ。それを疑う人間はいない。残念ながらこの後宮に玲琳姫の味方は……何というか、少ないんだ」

「なっ……なんてこと……お妃様は人に毒を盛るような方ではありませんわ。ただ、致命的にアレな方だというだけですわ」

藍はほとんど泣きそうになった。

出立前、夫に毒を盛って眠らせてきた玲琳は、庇われて酷く肩身が狭い。

「泣かないでおくれよ。ねえ、玲琳姫、この事態は君にとっても困ったものなんじゃないかな？」

普稀は藍をなだめながら玲琳の方を見た。

「何故私が困るの？」

「ははは、平然とそう聞いてしまえるところが君の怖いところだと思うよ。人殺しに間違えられたら普通は誰でも困るものだ。じゃあ少し、言葉を変えようね。彩蘭が今とても困っている。彩蘭の困難は君の困難じゃないかい？」

「つまり……あの女の蠱病を解蠱しろとおっしゃっているのね？　兄上様」

「ああ、蠱師としての君にお願いするよ。琉伽姫の蠱病を治してほしい」

「今の私が蠱師の力をほとんど失っていると分かっていておっしゃるの？」

蠱師の力を失ったという言葉に、双子が驚いた顔で「えっ！」と声をあげる。

「できないかい？」

可否を問われて玲琳はにいと笑った。

「もちろんやるわ。嫁いだとはいえここはお姉様の国、私の庭。勝手に蠱術を使ってお姉様を困らせるような輩を放っておくわけにはいかないわ」

普稀もゆったりと微笑んだ。

「僕も手伝おう。琉伽姫は彩蘭にとって大切な姫だ。飛国へ嫁ぐことが決まっているからね。琉伽姫が助かったら、その時は葉歌の番だよ。僕が知っている葉歌について、全て君に教えよう。君が葉歌を捜し出す手掛かりになるように」

玲琳は目を見張る。

「兄上様、葉歌が何故いなくなったかご存じなの？」

「彩蘭が知っているのと同じ程度のことなら知っているよ。彼女がどこから来たのか、何者なのか、何故いなくなったのか、君が満足する程度には教えてあげられるだろう」

穏やかな笑みを浮かべる普稀を見つめ返し、玲琳は頷く。

「いいわ、あの女を先に助けましょう。案内して」

腰に手を当てて宣言した。

日はとっぷりと暮れ、後宮の廊下を歩く者はもうあまりいなかった。

玲琳は普稀に案内されて、後宮の一角にある琉伽の部屋を訪れる。

部屋の外には衛士の乾坤が立っていた。

「彩蘭の命だ。玲琳姫には琉伽姫を治療してもらうことになった」

「陛下がお決めになったのならば」

乾坤は道を譲って扉を開いた。

玲琳の部屋と違い、贅を尽くした装飾品や調度品がこれでもかと飾られた部屋だ。

透けて見える圧倒的財力。

部屋の中に入ると、独特な香の匂いがした。せっせと香を焚きしめているのは、斎の後宮に仕える薬師たち。全員が女性だ。彼女たちは玲琳に気づくと目を吊り上げた。

「琉伽姫の治療はわたくしたちがいたしております。お引き取りを」

拒絶の言葉に込められた感情は強い憎悪。彼女たちが玲琳を――玲琳と、玲琳の母を、酷く憎んでいることは知っている。

気味の悪い蠱師と呼びながら、後宮の患者たちは玲琳の母を頼った。薬師より頼ったと言っても過言ではない。斎の後宮に仕える薬師たちはその仕事を奪われ、誇りを傷つけられてきた。彼女たちの憎しみには正当性があると玲琳は思う。

目を閉じ、香の匂いを嗅いで、玲琳は呟いた。

「この香、蠱病の進行を遅らせるのに効果があると言われているね。けれど、これで解蠱はできないわ。今を繋ぐことしかできないのなら下がっていなさい」

正当性があろうがなかろうが、今の彼女たちが役に立たないなら追い払うまでだ。玲琳は感傷で事実を歪めることをしない。

代わりに普稀が薬師たちをなだめた。

「すまないね、琉伽姫の治療は何より大事なことなんだ。君たちの力を疑っているわけじゃないんだよ。けれど、毒を制することができるのは毒だけだ」

穏やかでありながらはっきりとした彼の物言いに、薬師たちは渋々道を譲った。もとより彼の言葉に逆らえる者はこの後宮にいない。主の彩蘭を除いては——

　奥の寝台に琉伽が寝ている。死んだようにピクリとも動かない。玲琳はその傍らに立ち、自分の指を噛み切った。血を滴らせる指先を、琉伽の口に突っ込む。

「あなたは誰？　どこから来たの？　出ていらっしゃい。私の血一滴にはその女の血液全てより価値がある。ほしければ出ておいで……」

　囁(ささや)きかけたその瞬間——琉伽はカッと目を見開いた。見開かれたその瞳は血のように赤い。

「があああああああ!!」

　獣のごとき野太い咆哮(ほうこう)を放ち、琉伽は玲琳に飛び掛かった。

　玲琳の頭にのっていた蜘蛛が、術者たる玲琳を守ろうと牙を剝く。

　しかし琉伽に襲い掛かった次の瞬間、蜘蛛はぼとりと床に落ちていた。

　今——何が起きた？

　琉伽が腕を一振りしたのを玲琳は見た。黒々と染まり長く伸びた彼女の爪が、襲い掛かる蜘蛛の背を切り裂いたのだ。

　玲琳は、ぴくぴくと痙攣する蜘蛛をとっさに抱き上げる。蜘蛛はよろよろと玲琳の胸元へ逃げ込んできた。

　大丈夫だ。この子は死にはしない。そう自分を安堵させて、はっと顔を上げる。

飛び掛かってきた琉伽が、玲琳を押し倒して寝台から床に落ちた。

傷を負った蜘蛛は出てこられない。体に潜ませている蠱は反応しない。玲琳には身を守るすべがなかった。

玲琳にまたがり、琉伽は深紅に染まった瞳で玲琳を睨んでいる。荒く呼吸をし、口の端からは墨のように黒い唾液が零れている。どう見ても正気ではない。

琉伽は正気を失ったまま、玲琳に覆いかぶさってきた。とっさに逃げようとするが、体を押さえ込まれて身動きもできない。琉伽の口が玲琳の口を塞いだ。唇の端から垂れる黒い唾液が、玲琳の中にどろりと流れ込んできた。途端——

「う……ぐうっ……」

焼けただれるような痛みに玲琳は呻いた。解放されても、床に蹲り起き上がることができない。身の内を焼かれている。自分が何をされたのか理解できない。

床を転げまわって焼かれる痛みに耐え、玲琳はようやく理解した。

「ふふ……あはははははは……！　すごいわ。毒を飲まされるってこういうことなのね」

気づけば玲琳は笑っていた。胸の鼓動が速まっているのは痛みのせいではない。怒りと興奮と、そして歓喜ゆえだった。

「こんなことは初めてよ。いえ……お母様に修行をつけられた時以来だわ」

玲琳は痛みの中、うっとりと目を細めた。

毒が効かないはずの蟲師に痛みを与えるほどの猛毒。それが今、玲琳の身の内を焼いていた。次第に痛みが治まり、毒が効力を失ってきたのだと分かる。痛みが遠のいてゆくのを名残惜しく思いながら、玲琳は体を起こした。

漠然と、しかし確かに感じる。この術を使っている人間は玲琳より強い蟲師だ。

「本当に素敵……お前を叩き伏せたらどんな気持ちがするかしら」

にたりと笑い、玲琳は鬼の様相で佇む琉伽を見上げた。琉伽の口からは黒いものが滴り続けている。その口の中に、何かが潜んでいるのだ。目の前にあるだけで肌が粟立つ。今まで見たことがないくらいの強力な蟲の気配。

蟲師の力をほとんど失ってしまった今の玲琳では、手も足も出ないと分かる。それでも――玲琳はこの相手を叩き伏せたくて仕方がなかった。

「私の血の全部で、お前を侵略してやる」

玲琳は低く唸るように言い、琉伽に手を伸ばした。が――

「……触らないで」

琉伽のかすれた声が玲琳を拒絶した。彼女は玲琳の手を強くつかんでいる。深窓の姫君とは思えぬ強い力で、ぎりぎりと玲琳の腕を締め付けてくる。玲琳は痛みに顔をしかめた。

「あなたに……助けられるくらいなら……死んだほうがましだわ」

ぜいぜいと荒い息にまじえて彼女は言った。

「私は……この大陸でもっとも高貴な血を引く斎の……皇女よ……下賤な蠱師ごときに……助けられるほど落ちぶれてはいないわ……」

苦しげに拒まれ、玲琳は眉を顰めた。

「お前が死にたいのなら勝手に死ねばいいけれど、お前が死ぬとお姉様が困るわ。せめて嫁いでから……いえ、嫁いで死なれても困るでしょうね。婚約を解消してから死になさい」

冷たく言い捨てられ、琉伽は忌々しげに歯噛みする。

「わ……私以外の誰が……飛国へ嫁げるというのよ……大陸随一の歴史を持つあの国へ……嫁げるのは……私くらいしかいないわ……あなたとは違うのよ……魁のように野蛮な新興国に嫁ぐのとはわけが違うの……私の血には……それくらい価値があるのよ……！」

琉伽は口の端から黒いものをこぼしつつ、玲琳の腕をねじり上げる。痛みに耐えながら玲琳は琉伽を睨んだ。

「ならばなおさら解蠱すべきだわ。それが理解できないほどお前は頭が悪いの？　馬鹿は黙って私に体を預けなさい。私がお前を救うわ」

「あなたのそういうところが昔から嫌いで憎くて仕方がないのよおおおお!!」

琉伽は突如激高した。感情のままに玲琳を再び押し倒し、細い首を絞めようとする。

「やめるんだ、琉伽姫!」

固唾をのんで見守っていた普稀が、とっさに手を伸ばして琉伽を止めようとした。

しかし普稀が彼女に触れる直前、衛士の乾坤が間に飛び込み、普稀を突き飛ばした。

彼は険しい顔で玲琳から琉伽を引き離す。

「琉伽様、落ち着いてください」

乾坤は琉伽を抱きしめるような格好で押さえ込んだ。琉伽は酷く暴れ、乾坤の首筋に噛みついた。黒い毒が口から溢れ、どろりと彼の首を伝う。

「離れなさい! 死ぬわよ!」

玲琳はとっさに怒鳴った。

しかし乾坤は呻いて顔を歪めながらも、琉伽を放そうとはしない。ぎりぎりと首を噛まれたまま、琉伽を押さえ込んでいた。

琉伽は次第に激情を収め、とろんとした目つきになる。そして糸が切れるかのように、意識を失ってがくりと倒れこんだ。

乾坤は腕の中で倒れた琉伽を寝台に横たえた。彼の首は血まみれになっていた。

「乾坤! 大丈夫か!?」

普稀が慌てて乾坤に駆け寄る。乾坤はその場に膝をつき、首筋を押さえた。

「すぐに手当てを！」

普稀は背後で怯えている薬師たちに呼びかけ、すぐさま乾坤の治療にあたらせた。

「問題ありません。浅い傷です」

乾坤は傷を押さえたまま立ち上がり、ふらふらと歩いて琉伽の部屋を出ていった。

彼は何故歩いているのだろう？　玲琳は不可解な気持ちで彼の後ろ姿を見送り、再び琉伽の方を向いて凍り付く。

そこにある異変を認め、玲琳は寝台にのしかかり、意識を失った琉伽を凝視した。

「どうしたんだい？　玲琳姫」

普稀の声はもう、玲琳の耳に届いていなかった。玲琳は瞬きもせず、間近で琉伽の顔を覗き込む。琉伽の吐き出した黒い液体は意識のない彼女の顔に散り、模様を形作っていた。蔦のような蜘蛛の巣のような模様が、まるで刺青のように刻まれている。

その模様を、玲琳はどこかで見たことがあった。記憶をたどる。ずっと昔……母に厳しく仕込まれた時のことを。

「兄上様、私はこの術を知っているわ。これはお母様の故郷に……蠱毒の民に伝わる術よ」

呆然と呟いた玲琳の言葉に、普稀が愕然とする。

「待っておくれよ、玲琳姫。まさか琉伽姫を蠱病にした犯人は……蠱毒の民だっていうのかい？」

「あの里で生まれ育った者以外に、この術を使える人間はいないわ」

母からそう教わったことを玲琳は覚えている。

「いったいどういうことなんだ？　琉伽姫が蠱毒の民に呪われている？　彼女が蠱毒の民の恨みを買うとは思えないよ。何の関わりもないんだから。蠱毒の民は、誰かに雇われて琉伽姫を蠱病にしたんだろうか？」

「分からないわ。私はお母様以外に蠱毒の民を知らないし」

「……だけど、どんな術でも君なら治療できるんだろう？　玲琳姫」

普稀は心配そうに聞いてくる。玲琳はぐるりと振り向き、普稀と正対した。

「兄上様、はっきり言うわ。この術を使った蠱師は、私より強いわ。私が蠱師としての力を失っていなかったとしても敵わないほどに」

断言され、普稀は顎を落として玲琳を見返し、ややあって首を傾げた。

「なんで……笑ってるんだい？」

彼の指摘通り、玲琳は確かに笑っていた。

「ふふ……お母様以外で私より強い蠱師に初めて遭遇したわ。蠱毒の里というのは恐ろしい場所なのね。私が敵わない蠱師がいるんだわ」

「……そんな……君が勝てないのなら誰が琉伽姫を救えるって言うんだ」

「安心して、兄上様。私がやるわ。どれだけ強い蠱師だろうと、私より上を行く相手だろうと、私が叩き伏せてみせる。でも今のままではだめだわ。先に蠱師の力を取り戻さなくては……」

そのためには葉歌を取り戻さなければならない。

高揚感に突き動かされながら、玲琳はなんだか不思議な思いがしていた。

自分が何故、今ここにいるのか……まるで自分の意思ではなく、誰かの強い意志によって呼びつけられたかのような……そんな不思議な思いがしていた。

「待っていなさい、葉歌」

彼女の名を口にしつつ、玲琳は置いてきた鍠牙のことを思い出した。

今頃どうしているだろうかと考える。激怒しているに違いない。きっと眠れていないのだろう。玲琳がいなければ、あの男はもうまともに暮らしてゆくこともできない。彼をそんな風に変えてしまったのは玲琳だ。玲琳にはその責任がある。だから必ず帰ると決めているけれど、それはまだ先のことになりそうだ。


遠い空の下、楊鍠牙はこの日も眠れぬ夜を過ごしていた。

玲琳に毒を飲まされ昏倒させられ、目が覚めた瞬間のことを思い出す。玲琳が旅立ったと聞かされ激昂した瞬間のことを――

思い出すだけで目の前が真っ赤になるほどの激情が身を苛む。怒りで人が死ぬなら鍠牙はこの半月で百万回死んでいる。その怒りを隠し、何事もなかったかのように過ごしてみせる。それができる自分はやはり壊れているのだと自覚する。

すぐに追っ手をやって連れ戻せばよかったのだろうか。しかし彼女は戻らないだろうなとも思う。自分にそんな力はない。

それに、ある意味玲琳は安全な状況にあった。斎の女帝は玲琳を危険な目に遭わせることなどしないだろうし、蠱師の力を失っている玲琳が危険に首を突っ込む可能性は低い。今、斎の宮廷で蠱病が蔓延するなどという事態が起きない限り、玲琳は安全なのだ。

この日も寝台に入る前、鍠牙は玲琳が作っていった薬を湯呑に汲んだ。

大きな甕いっぱいに作られたその薬は、鍠牙に巣くう蠱病を解蠱するための解蠱薬。玲琳が毎晩鍠牙のために作っているものだ。自分がいない間毎日飲むようにと、玲琳は手紙を残して旅立った。

作って時間が経ったものは効果が極めて薄くなってしまうとかで、玲琳は大量の薬を作っていったのである。

解蠱薬で満たされた湯呑を眺め、鍠牙は窓を開けた。そしてそこから夜の庭に向かって湯呑を逆さにする。玲琳が鍠牙のためを思って作ったであろう解蠱薬は、暗い地面に吸い込まれて消えた。

この行為を、鍠牙は目を覚ましてからというもの毎晩繰り返していた。意味はない。ただ、そうせずにおれなかっただけだ。愚かであると自分でも思う。彼女が帰って来てこの事実を知れば激怒するであろう……と、それを想像するためだけにこの行為を繰り返している。

乾いた地面に薬を飲ませてやれば、少しだけ気がまぎれた。代わりに訪れる苦痛など、鍠牙にとっては親しい友のようなものだ。

こうして半月以上の時を過ごしていた。

その夜も、鍠牙は同じように床へ入る。無論眠ることはできず、ただ身を縮めて苦痛に耐える。

しかしこの夜は、いつもと違うことが突然起こった。

深夜、鍠牙の部屋の戸が開いたのである。

「……利汪か？」

朦朧(もうろう)とした意識の中、鍠牙は忠臣の名を呼んだ。しかし、うっすらと月明かりに浮かぶ姿は女性のもので、鍠牙は思わず手を伸ばしていた。

「姫……？」

自分が幻覚を見ているのだと鍠牙は思った。幻覚でも何でもいいから触れたいと伸ばしたその手を、しかし相手は確かな温もりをもって握り返してきた。

鍠牙はぎょっとしてたちまち意識が覚醒し、手を振り払って身を起こした。雲が晴れたのか、ひときわ月明かりが強く差し込み、女性の姿をはっきりと浮かび上がらせる。相手を目視し、鍠牙は仰天した。

「里里……？」

そこに立っていたのは紛れもなく、鍠牙の側室だった。

「……こんな夜中にどうした」

鍠牙は動揺と苦痛を押し隠し、軽く笑ってみせた。

佇む里里は人形のような無表情で、寝台の傍に跪いた。

「……お願いが」

短く言う。

「願い？　何だ？」

この状況で出ていけとも言えず、鍠牙は先を促す。

頭を垂れていた里里は顔を上げ、色のない声で言った。

「お情けを……どうか私に陛下のお情けをくださいませ」

鍠牙は凍り付く。春を迎えたというのに極寒の季節へと戻ったような気分だった。驚きが過ぎ去ると、つまらぬ冗談を言われているのかと訝った。しかし目の前のこの女が決して冗談を言うようなたちではないことを、鍠牙は上辺の付き合いながら知っていた。

だとしたら彼女の発言はあまりにも際どすぎた。

周知の事実であるが、鍠牙が玲琳を娶ってから他の女を夜の部屋に入れたことはない。そんな鍠牙に、里里はいったい何を求めているのか。

「どんな情けをかけろと？」

鍠牙は次第に馬鹿馬鹿しくなってきた。

いっそのこと、この女を殺してしまおうか……

不意に湧いたその考えは思いがけず良案に思えた。

そんな考えをおくびにも出さず、鍠牙は微苦笑で里里の答えを待った。

里里は床に膝をついたまま、己の胸に華奢(きゃしゃ)な手を当てた。

「私が……お妃様のもとへ向かうことをお許しいただきたいのです。私はお妃様がいなければ、何をして生きればいいのか分からない出来損ない。私にはお妃様が必要なのです。私があの方のもとへ行けるよう、どうか情けをかけてくださいませ」

鍠牙は呆れ、同時に脱力した。それを情けと称するのはいかがなものであろうか。

「お前は少し、言葉に気を付けた方がいいな」

思わず呟いていた。

「私は本心しか申しておりませんが。私は誰も愛しません。もう二度と人を好きになることもありません。けれど……お妃様だけは別なのです。あの方の命令がなければもう生きられない」

無機質な声音の隙間に、強烈な感情がのぞいた。鍠牙はそのことに驚き、同時に胸のざわつきを感じる。

「妃を慕っているのはお前だけではないだろう。みな同じように妃の帰りを待っている。お前も我慢するべきではないか？」

「いいえ、同じではありません。この国で、一番お妃様の帰りを待っているのは私です。誰よりあの方を必要としているのは私です」

断言され、鍠牙は一瞬目の前に座る女の首を斬る様をありありと——そして淡々と想像した。しかし里里は、鍠牙の胸中になど見向きもせず言葉を続けた。

「先日……父が申しました。お前はもう姜家に囚われる必要はない。自分の望みのまま、好きなように生きてよい……と。兄も申しました。お前はもう自由だ。誰の命令にも従う必要はない……と」

床に座したまま、里里は膝の上で拳を固く握った。関節の形が鮮明になり、爪が手のひらに食い込んでいるであろうことが上から見ても分かった。

「今更何故……何故そのようなことを言うのでしょう……自由だなどと言われても、どう生きていいのか分かりません。自由になりたいなんて、私は望んでいませんでした。やりたいことなど何一つないのに……。言葉だけの自由を与えられて、私は一歩も動けなくなってしまいました」

視線を落としていた里里が、そこで鍠牙を見上げた。地味な顔立ちの彼女の瞳が、妙に強い印象を帯びている。

「けれどお妃様は違います。あの方は私にそのようなものは与えませんでした。ただ、死ぬまで命令してくださると……そうおっしゃった。あの方の命令が、今は私の全てです」

ですが――と里里は続けた。

「私は決してお妃様の寵を陛下と競っているわけではありません。お妃様の愛情が欲しいわけではないのです。愛や恋などというものは、毒でしかないのですから……。お妃様の愛情は、陛下が独り占めなさればよいのです」

鍠牙は穏やかな表情で里里を見下ろした。胸の内にどろりと巣食う感情をほんの僅かも見せることなく、仮面めいた笑みを張り付けてみせた。

「それこそ無駄な心配だな。俺もお前と争うつもりは毛頭ない。もとより俺に勝ち目はないからだ」

　玲琳は鍠牙を愛さない。その事実は鍠牙に、鈍い痛みと深い安らぎをもたらした。玲琳の愛情を欲しいと思う――が、それを得てしまう恐怖に自分が耐えられないことを今はもう知っている。この世のどんな人間も、玲琳の愛を競う敵にはなり得ない。自分が最下層にいることを自覚するこの絶望と安堵。

　里里の首を斬りたいと感じるこの思いは、玲琳の愛情を独り占めしたいと思う感情と何ら関わりのないものだ。それよりもっと残酷な気持ちで、鍠牙は玲琳を見ている。

「里里、お前の気持ちはよく分かった。妃が早く帰国できるよう、使者を遣わすことにしよう」

　平静を装って微笑みを見せる。

「ではその役を私に命じてくださいませ」

「いや、お前にそんなことをさせるわけにはいかない。姜大臣の心労を増やすわけにはいかんからな。他の者を使者に立てよう。お前は安心して待っているといい」

　笑みを張り付けたまま告げると、里里は不満そうに黙り込んだ。鍠牙は僅かばかり彼女に顔を寄せた。

「そろそろ部屋に戻れ。お前が深夜この部屋にいることは、妃を裏切ることにならないか？」

「何故です？」

里里は間近の鍠牙に焦点を合わせて聞き返す。

「お気の毒でお可哀想な陛下が一夜の慰めに私を使ったとして、何の問題があるのですか？　お妃様は何もおっしゃらないでしょう。あの方は、陛下がご自分のものであることをよくご存じです」

虚を衝かれ、鍠牙はぱちくりと瞬きした。

「俺は妃のものか？」

「陛下も、私も、お妃様の蟲のようなものです。お妃様がいなければ存続しえない。ですから陛下、お妃様を連れ戻す使者を早急にお遣わしください。蟲には蠱師が必要なのです」

はっきりと言われ、鍠牙は意外な気がした。こんなことを言う女だと思っていなかったからだ。

「お前は存外面白いことを言うな」

「私はつまらぬ人間です。だからお妃様が必要なのです」

里里の言葉はどこまでも淡々としていて、そこに心がこもっているようには思えない。しかし確かに玲琳を想う気持ちはあるのだろう。だから鍠牙はこの女の首を斬りたいと思うのだ。

「本当に、お妃様を迎えに行く使者を立ててくださるのですね？」

里里は念を押してくる。

「ああ、約束しよう」

「分かりました。では、失礼いたします」

慇懃に礼をして、ようやく彼女は部屋から出ていった。

足音が遠ざかると、鍠牙はばったり寝台に倒れこむ。荒く不規則な呼吸をしながら、苦痛に耐える。

ひとしきり息を整えると、鍠牙はのそりと起き上がり、静かに部屋を出た。

夜の庭園を歩き、後宮の最もはずれにある離れに向かう。

その離れの入り口には見張りの衛士が立っていた。普段は近づかぬ鍠牙が夜中に姿を現したせいで、衛士は飛び上がるほど驚いた。

扉を開けさせ中に入る。狭い部屋が二つ続いている小さな離れだ。

鍠牙が入ると、手前の部屋に一人の女が座っていた。窓から月を眺めている。

彼女はゆったりと振り向き、嫣然と微笑んだ。

「まあ……どうしたの？　鍠牙」

女の名は夕蓮(ゆうれん)。鍠牙の実の母であり、先の王の妃である。そして、かつて鍠牙に毒を盛り、玲琳に毒を盛り、多くの人間の命を危険に晒した犯罪者――いや、化け物でもあった。

化け物は今、息子の命によりこの離れに幽閉されている。幽閉されてなお、悠然と微笑んでいる。

年齢という概念を置き去りにした、もはや人外のものとしか思えぬ美貌の女。清廉さと妖艶さを同時に感じさせる類稀（たぐいまれ）な女。それが夕蓮という化け物であった。

夕蓮の膝には五匹の猫が固まって丸まっている。かつて夕蓮が使役し、玲琳が奪った猫たち。猫鬼（びょうき）と呼ばれるその蠱は、玲琳が力を失ったことでかつての主である夕蓮のもとに戻っていた。

「玲琳は斎へ行ったのですってね。まだ帰ってこないの？」

夕蓮はつぶらな瞳で聞いてくる。

「寂しいわ。もしかしてもう二度と戻らないのかしらねえ」

「頼みがある」

揶揄（からか）うような夕蓮の言葉を無視して鍠牙は告げる。

「なあに？」

小首をかしげると彼女は童女のように見えた。鍠牙はその不気味さにぞっとしながら本題に入る。

「あなたの猫を貸してくれ」

「あら……どうして？」

「彼女を迎えに行く」

「まあ……素敵ね。だけど、何のためにこの子たちを連れていくの？」

「……彼女は今安全な場所にいる。無茶なことをする理由などない。だが──そういうこちらの予想を全て超えてくるのが彼女だ」

玲琳がおとなしく斎の後宮に留まっているという保証はどこにもないのである。

「うふふ……何かあった時のために、この子たちの力が必要だということね？　だけど、この子たちはあなたの命令を聞かないと思うの」

「あなたがこの猫たちに命じてくれ」

「うふふふふ……どうしようかしら。ねえ、私があなたのお願いを聞いたら、代わりに何をくれるの？」

「……何も。ただ、彼女が早く帰ってくるだけだ」

「ふうん……いいわ。貸してあげる。でも、やっぱりお礼をしてくれなくちゃ嫌よ。玲琳を連れて帰ってきたら、また私に会いに来て。その次の日も、その次の日も会いに来て。毎日顔を見せてちょうだい、私の可愛い鍠牙」

うっとりと微笑む夕蓮。

猫鬼を取り戻した今、夕蓮は出ようと思えば好きにここから出られる。彼女がここに留まっているのは化け物の気まぐれにすぎないのだ。

「……分かった、約束しよう」

鍠牙は毒を飲むような気持ちで応じた。

「嬉しい……さあ、あなたたち。私の息子に力を貸してあげてね。玲琳を迎えに行くのよ。鍠牙を玲琳のところへ案内してあげて」

夕蓮は囁きながら猫鬼たちの背を撫でる。猫たちは賢そうな顔でじっと夕蓮を見つめ、音もなく鍠牙の傍へ歩いてくる。

「帰ってくるのを楽しみにしてるわね」

ひらひら手を振る夕蓮に背を向け、鍠牙は離れを後にした。

猫たちは従順に後をついてくる。

庭園を歩いて戻りながら、鍠牙は呟いていた。

「全部……あなたが悪いぞ、姫……」

苦々しげに吐き出した言葉は、夜に溶けて消える。そのまま風に乗って、彼女にこの呪詛（じゅそ）が届けばよいのにと思った。

斎帝国では、普稀の指揮により女官葉歌の捜索が行われていた。

葉歌が見つかるまでの間、少しでも琉伽の蠱病の進行を遅らせられないかと乞われた玲琳は頭を抱えていた。

あれ以来、琉伽は正気を失ったまま寝台に鎖で縛り付けられている。時折眠り、時折暴れ、時折毒を吐く。日に日に人ではないモノへと変わってゆく琉伽は、もはや気軽に近づける状態ではなかった。そんな彼女を、どうにかして人の領域に留めておかなくてはならない。それゆえ玲琳は悩んでいた。

琉伽にかけられたあの蠱術の詳細を、玲琳は母から教わっていないのだ。その前に母は死んでいる。故に玲琳はあの術の構造や造蠱法を詳しく知らない。

母の知識を伝える書物は残されているが、母が死んですでに六年が経っており、母と玲琳が暮らしていた暗く狭いあの部屋にはもう誰も住んでいない。母の遺品は全て玲琳が受け継ぎ、輿入れの折に魁へ持ち運んでいる。つまり――

「困ったわね……全部魁へ置いてきてしまったわよ」

玲琳は斎帝国の自室で床に座り、壁に背を預けて考え込んだ。

「何か必要なものがあるのかい？　必要なものがあるなら僕が用意しよう」

聞いてくるのは、同じ部屋の中にいた普稀だった。

「何でも言ってくれ。琉伽姫を救うため、僕は君の手足になって働くよ。葉歌の方は全力で捜索させているから、琉伽姫の方は君に頼むしかないんだ」

彼がそう言ってくれるのはありがたい。後宮の人々は玲琳が琉伽を蠱病にした犯人だと疑っており、玲琳に手を貸そうなどという者は他にいないからだ。

　玲琳は座り込んだまま説明した。

「犯人は蠱毒の里の蠱師だわ。つまり、お母様と同じ術を使う蠱師。そして私よりもはるかに強い蠱師。あの術を解蠱するにはお母様の知恵が必要なの」

「少し意外だったなあ。君は自分より上の力を持つ相手が存在すると、案外素直に認めるんだね」

　玲琳は思わず苦笑いした。

「事実を捻じ曲げることに何の意味があるかしら？　この世は広くて、上には上がいて、己が無能であることをたまには自覚しなければならないのよ」

「なるほどね、彩蘭が君を可愛がる気持ちが分かるよ」

「ええ、お姉様ほど私を可愛がってくださる方はいないわ」

　玲琳は自慢げに軽く両手を広げてみせた。

「それじゃあ玲琳姫、君が彩蘭の可愛い妹でいるために、僕は何を手伝えばいい？」

「お母様の文献が必要なの。魁に置いてきてしまったわ。あの文献の中にはお母様が知る全ての蠱術の構造が記してあったはず。解蠱の手掛かりになるわ。あれがほしいのだけど、魁まで使いをやって取ってくることは可能かしら？」

玲琳が説明すると、普稀は目の前にひょこっとしゃがんだ。

「お母上の文献なら、彩蘭の書庫に写しがあるんじゃないかなあ」

「本当!?　兄上様」

玲琳は驚いて身を乗り出した。母の秘伝がよもやこの後宮に残されていようとは、思いもしなかった。その興奮に触発されたか、玲琳の頭が定位置となっている巨大な蜘蛛がガサゴソ動き、それを見た普稀がしゃがんだまま後ずさる。

「本当だよ。彩蘭は君のお母上にたいそう敬意を抱いていたからね」

「さすがはお姉様だわ。すぐにその写しを探しましょう」

玲琳はぐっと拳を固めて立ち上がる。

「一緒に来てくださる？　兄上様。あなたが一緒にいないと、無粋なこの後宮の人間たちは私を恐れすぎて何もさせてくれないのだもの」

「もちろんお供するとも」

普稀も立ち上がって玲琳を先導した。しかし二人が部屋を出ていこうとすると、立ちはだかった者がいた。双子の女官、翠と藍である。

「お妃様、魁へ帰りましょう」

翠は腹のあたりで両手をきつく握りしめ、思いつめたように言った。

突然の提案に玲琳はいささか面食らい、小首をかしげた。

「魁へ帰る？　何故？」

「何故って……危ないからに決まってますわ！　そんなにお怪我をなさって！」

「そうですわよ！　お妃様にこれ以上何かあったら……私たち、陛下に申し訳が立ちませんわ！」

双子の訴える通り、玲琳は蠱病に冒された琉伽と対峙した際に怪我をしていた。とはいっても酷いものではなく、締め付けられた手首が痛んだくらいのことだ。むしろ、魁を出る前に自分で切り刻んだ傷跡の方がよほど酷い。

それでも双子は玲琳を心配しているらしい。包帯を巻いた翠が真っ青になっていたことを、玲琳ははっきり覚えている。

「平気よ。すぐに治るわ。それに、この程度の危険は魁でもあったことよ」

平然と言ってのけるが、双子は険しい表情を崩さない。

「いいえ！　魁には陛下がいらっしゃいます。葉歌さんもいらしたし、利汪様も里里様もいらっしゃる。それに私たち女官もおりますわ。お妃様、魁の人間はみなお妃様の味方です。何かあればみんなでお妃様をお守りしますわ。けれど……ここは違います。斎帝国にお妃様の味方はいらっしゃいません！　この国の人たちは全員、お妃様を疎んじて、軽んじて、都合のいい時だけ利用しようとしているじゃありませんか！　こんな国で危ないことをするのはおやめになってください！」

翠はほとんど泣きながら訴えた。

「その通りですわよ！　斎の皇女なんて放っておけばいいんです！　あんな……お妃様を馬鹿にしたような方。お妃様が助ける必要はありませんわ！」

藍も感情的に叫んだ。

二人とも酷い物言いである。目の前には斎の女帝の夫がいるというのに、あまりにも無礼である。無礼を承知で、それでも二人は言ってのけたのだ。

「お前たちは私を心配してくれるのね」

「あたりまえじゃありませんか！　どれだけ恐ろしくて不気味な蠱師だと怯えていたって、私たちはみんなお妃様の味方ですもの！」

怒鳴ったのは藍だ。やはり無礼である。今度は玲琳に対して。

「それなら葉歌のことは？」

玲琳が静かに問うと、二人はぐっと言葉に詰まり俯いた。

「……お妃様、葉歌さんのことは一旦忘れてくださいまし。葉歌さんを捜すのならば、陛下のお力を借りるべきですわ。お妃様のためなら、陛下は力を尽くして葉歌さんを捜してくださいます」

鍠牙の内に潜む闇を知らぬ翠はそう答えた。彼女たちは鍠牙が玲琳に抱く感情の、その悍ましさを知らない。玲琳はふっと笑んだ。

「残念だけれど、このまま魁に帰ることはできないわ。お姉様はこの事件の解決を願っていらっしゃる。ならば私たちを逃がすことは決してなさらないでしょう。お姉様はそういうお方よ。私たちが魁へ帰るには、この事件を解決する以外ないの」

その言葉に、双子は絶望的な表情で黙り込んだ。

「大丈夫よ、安心なさい。私はお前たちを必ず魁へ帰すし、一人で寂しく待っている鍠牙を悲しませたりもしないわ」

敵は自分よりも強い蠱師。そのうえ玲琳は蠱師としての力の大半を失っている。それでも、必ずという言葉を使った。

双子はそれ以上何も言わなかった。自分たちの言葉が玲琳を動かすことはないと、諦めたのかもしれない。

「無礼なことを言ったわね、兄上様」

玲琳が軽く言うと、普稀は肩をすくめた。

「構うことはないさ。彼女たちの言葉は正しいからね。むしろ嬉しく思うよ。君は君を受け入れてくれる場所を見つけることができたんだね」

「あら、私はこの世の誰が受け入れてくれなくても、別段構いはしないわ。ただ……そうね、魁のことは気に入っているわ」

そう言って、玲琳は部屋を出ようとする。

「お妃様！」

翠の鋭い声が玲琳を呼び止めた。

「どうしてもとおっしゃるのなら仕方がありませんわ。私たちもお手伝いします」

「ええ、お妃様を一刻も早く陛下の傍へお帰しするため、お手伝いしますわ」

藍も腹をくくった様子だ。玲琳は満足げに口角を上げる。

「ならお前たちにも手伝ってもらうわ。書庫へ行きましょう」

そうして玲琳たちは書物の捜索へと繰り出したのだった。


彩蘭の書庫は紫安宮の西端にひっそりと存在している。

そこへ向かう途中、玲琳は背後から駆けてきた者に声をかけられた。

「玲琳様、葉歌という女官の目撃情報がありました」

硬い声で伝えてきたのは、衛士の鎧（よろい）に身を包む乾坤だった。琉伽に噛まれた怪我は特に悪化することもなかったらしく、変わらず職務を果たしているようだ。

「本当!?　葉歌が見つかったの？」

玲琳は勢い込んで詰め寄った。

「はい、北東の山脈へ向かう関所でそれらしい女が目撃されたようです」

「よかったじゃないか、玲琳姫。早速追っ手を向かわせよう」

普稀が励ますように言う。

「ええ、お願いするわ。兄上様」

「後はお母様の文献を探し出すだけね」

玲琳はぐっと拳に力を込める。

「文献……とは？　何かお探しですか？」

乾坤が怪訝な顔で聞いてきた。

「ええ、どうせならお前にも手伝ってもらおうかしら。書庫で毒の書を漁るのに、人手が必要なの」

「毒の書……？」

言葉を繰り返す彼の眉間に、深いしわが刻まれる。

「蠱師であるお母様が残した書物よ。お母様の知る全ての蠱術が記録されているわ」

それを聞いた途端、乾坤は愕然と目を見開いた。

「そのような恐ろしいものがここに……？」

「ええ、全て揃っているのだそうよ。その書物には例の蠱術を解蠱する手掛かりも書かれているはず。探すのを手伝ってちょうだい」

「……そういうことであれば、承知しました」

彼は背筋を正して礼をする。

普稀、翠、藍、そして乾坤。四人を供とし、玲琳は書庫へと向かった。

書庫の近くに人の気配はなかった。足を踏み入れると、書庫には膨大な量の書物が収められていた。独特な匂いがする。その一角に、紙で封をされた行李が数えきれないほど積み上げられている。その行李の中身が全て、玲琳の母の残した文献の写しだという。

翠と藍はその量を見た瞬間心を折られたらしく、げんなりとして行李を開いた。

玲琳は目を輝かせ、大量の書物を片っ端から漁り始めた。

普稀と乾坤は真剣な面持ちで書物をめくる。

探しているのは、琉伽が冒された蠱病と酷似した記述である。しかし書物の数は数千にも及び、全てを改めるのにどれほどの時間がかかるのか想像もつかない。

「ああ……どうして私たちがこんなことを……。都でたくさんお買い物をして、すぐに魁へ帰れるなんて……出発前に思っていた私は馬鹿だったわ」

「黙って手を動かしなさいよ、藍。全て解決すれば魁へ帰れるんだから」

翠と藍は作業の間、拷問でも受けているかのように苦渋の声を漏らしている。気の毒だとは思うが、人手があるに越したことはない。

書物の数は膨大で、玲琳は数日がかりの作業になることを覚悟していた。何しろ玲琳以外は蠱術の知識もない素人だ。しかし、結末は思いがけぬほど早く訪れた。

「これではありませんか？」

乾坤がそう言って、一冊の書物を掲げた。捜索開始から、一刻も経っていない。

品悪く胡坐をかいて書物をめくっていた玲琳は、勢いよく立ち上がった。

「見せて！」

ひったくるように書物を奪い、中の文字に目を走らせる。書かれた内容を丹念に読み解き、思わず深い吐息が漏れた。

「これだわ」

「え!? 嘘！ もう見つかったんですか!?」

喜色を滲（にじ）ませて叫ぶ藍。

安堵に腰を抜かす翠。

感心したように目を真ん丸くする普稀。

「間違いなくこの術よ。ああ……そうだわ……お母様が言っていた通り……」

玲琳は剣呑（けんのん）に目を細めた。

「あれは幽鬼の術。人を鬼に変える蠱術よ」

「幽鬼の術？ 琉伽姫は鬼にされかかっているのかい？」

普稀が玲琳の手にある書物を覗き込んだ。

「ええ、そう。外側は人のまま、心も、目も、耳も、牙も、爪も、膂力も、人外の鬼に変えてしまう術」

「いったい何のためにそんな術を彼女に……」

理解できないという風に、普稀は眉を顰める。

「この術は、本来人を殺めるための術よ」

玲琳は書物の紙面を指でとんとんと叩きながら説明した。

「鬼になると死んでしまうということかい？」

「いいえ、そうじゃないわ。鬼になった蠱病患者は、術者に使役されて周りの人間を殺すの。罪のない無力な人間を殺人鬼に変える術。それが幽鬼の術。つまりこの病が進めば、あの女はいずれ周りの人を殺すということ」

その場の全員が唖然とした。

「何だい、それ？　訳が分からないよ。何のために琉伽姫が殺人鬼になんかされそうになってるんだい？」

「簡単なことだわ、兄上様。つまりあの女に蠱術をかけた蠱師は、あの女ではなく他に殺したい相手がいるのよ。それを、あの女を使って実現しようとしているの」

「……つまり、琉伽姫はとばっちりで蠱病にかかったってことかい？」

「そうなるわね」

「可哀想じゃないか！」

「ええ、だから助けるの」

玲琳は音を立てて書物を閉じた。苛烈な瞳に閃くのは闘争本能という名の炎。敵が……獲物が……潜んでいるのだ。それを炙り出して狩ってやる。その思いは玲琳に獰猛な笑みを浮かべさせた。

仮にも姉である琉伽を救うことより、敵と渡り合うことに心が沸きたつ。それが玲琳という蟲師の宿痾であり、祝福でもある。

そのように生まれてしまった。そのように育ってしまった。それに罪悪感を抱けない代わりに、玲琳はあらゆる患者を見捨てないと決めている。たとえ敵が玲琳より遥かに強い蟲師だったとしてもだ。

「頼んだよ、玲琳姫。琉伽姫を必ず助けてあげてくれ」

普稀は真剣な顔で懇願した。

「分かっているわ、兄上様。飛国へ嫁ぐ姫が蟲病ではお姉様がお困りになるものね」

「ああ……琉伽姫には想い人がいるという噂もあったんだが、本人は飛国へ嫁ぐことに乗り気だし、何としても無事に嫁がせてあげたい」

「まあ……！　あの意地悪そうな皇女に想い人ですって？　本当なのかしら？」

好奇心をそそられたらしく呟いたのは双子のかたわれ、藍だった。

「斎の後宮は男子禁制なのだから、相手は限られてくるわよね。いったい誰が相手なのかしら？　あの性格の悪そうな姫のことだもの、お遊びで相手の男を弄んだかもしれないわ。恨みを買って呪われたのかも……！」

頭の中で勝手に物語を膨らませ、藍は興奮気味に頬を紅潮させている。

そんな女官は放っておいて、玲琳は難しい顔になった。

「兄上様、すぐにでも解蠱をしたいのはやまやまだけど、呪い返しはできないわ。術者は私より強いもの」

玲琳の連れている蠱を百体も使いつぶせば呪い返しができるかもしれないが、そんなことは絶対にしたくないし、何より今の玲琳は蠱をほとんど使えない。

「まずは蠱師の力を取り戻さなくては……私も葉歌が発見されたという場所へ行くわ」

「いや、それはダメだよ、玲琳姫」

普稀が慌てて首を振る。

「君を後宮の外へ行かせるわけにはいかない。僕たちに任せていてくれ。ちゃんと葉歌を捜し出すから」

「……そう、それなら諦めるわ。待っている間、私は蠱病を解蠱するための解蠱薬を作る準備をするわね。兄上様、必要なものを用意してくださる？」

玲琳はそう嘘を吐いた。その嘘を見抜くものは一人もいなかった。

そして深夜、解蠱薬の準備を終えた玲琳は、後宮の厩（うまや）に忍び込んでいた。背中に大きな荷袋を背負い、動きやすい格好をしている。

そこにいる馬はみな皇女たちの馬で、近頃流行りの乗馬に用いられるものだ。どれも性格はおとなしく、よく訓練されている賢い馬たちである。

玲琳は人間以外の動物ならたいてい得意で、馬も嫌いではない。自分の馬は持っていなかったが、この厩舎（きゅうしゃ）に住む馬たちのことはよく知っていた。

厩の中を歩いていると、一つだけ空っぽの馬房を発見する。怪我した彩蘭から聞いた話を思い出した。飛国から来た馬と喧嘩して、彩蘭に怪我を負わせた馬の話。その馬は処分されたと聞く。

「お前だったの……」

玲琳は空の馬房へ話しかけた。今はもう、話しかけたところで答える者はいない。

ここにいた馬のことはよく覚えている。あの馬は琉伽の所有する馬だった。斎で最も高貴な血筋の皇女にふさわしく、立派な馬だったことを覚えている。装着される馬具も、煌びやかな装飾が施された豪華なものだった。

あの馬が――琉伽の馬が、飛国の馬と喧嘩して彩蘭に怪我をさせたのだ。そして今、琉伽は蠱病に冒されている。一見何の関わりもないことに思えるこの二つの出来事が、玲琳は気になった。

琉伽の馬は何故暴れたのか――

蠱毒の標的になったのは何故琉伽だったのか――

犯人の蠱師は幽鬼の術を使って誰を殺めようとしているのか――

「答えを知っている者に聞くしかないわね」

呟いて、玲琳は近くの馬房から馬を出した。体が大きく体力のある馬だ。鞍（くら）を装着し、踏み台を使って馬にまたがる。

「私の馬術は未熟だわ。それに手首を怪我しているのよ。優しく走っておくれ」

鬣（たてがみ）を撫でてそう囁く。と――玲琳は馬の腹を蹴って合図した。

馬はぶるんと鼻を鳴らし、厩を飛び出す。玲琳はそこで更に足を使って馬に合図。馬は的確に合図を受け取り、ドンと地面を蹴って走り出した。

斎の姫たちは馬に乗っても走らせることはまずない。単純に危険で怖いからだ。うっかり本気で走らせてしまったら、瞬く間に振り落とされてしまうことだろう。

それゆえ後宮の馬はほとんど走らない。おそらく久しぶりに走ることを許されたであろう馬は、喜び勇んで後宮の庭園を走ってゆく。馬を走らせながら、玲琳は後宮を囲む塀の中で最も低い垣根へと向かった。

夜回りをしていた女官たちとすれ違う。女官たちは悲鳴を上げて腰を抜かす。彼女たちを尻目に馬を走らせ、玲琳は人の背丈よりはるかに高い垣根へと突っ込んだ。

「さあ……飛ぶわよ！」

玲琳の声に合わせて馬は軽々と跳躍し、見事に垣根を飛び越えた。外を守っていた衛士の男たちが驚いてひっくり返る。

「何だ！　馬が暴走しているぞ！　誰か来てくれー！」

背に乗る玲琳に気づかなかったらしく、叫んで人を呼んでいる。玲琳は構わず馬を走らせ、門を破り、塀を飛び越え、人を蹴散らし、宮廷から外へと駆け抜けた。

斎の宮廷は外敵から中を守ることに関して堅牢（けんろう）だったが、中から飛び出す馬への対処法など想定しているはずもないのだった。

玲琳は夜の都を馬で駆け抜ける。追いかけてくる者はいない。

「蠱毒の里という場所へ行くのよ。供を頼むわね」

走る馬に声をかけ、夜道を駆けていった。

第三章

母から昔、蠱毒の里について教わったことがある。

斎の北東にある山脈の中腹。蠱毒の里はそこにあるのだ。しかし決してその場所を人に教えてはならないと、玲琳はきつく母から言いつけられている。それゆえ玲琳は姉にもその場所を教えたことがない。母の言いつけを破るなどという恐ろしいことを、玲琳がするはずはないのだった。

誰にも行く先を告げず、玲琳は一人蠱毒の里を目指す。

術をかけた蠱師が蠱毒の民であることは間違いない。玲琳はその蠱師にどうしても直接会ってみたかった。自分よりはるかに強いその蠱師がどんな姿をしているのか、どうすればそれを捩じ伏せることができるのか、知りたかった。

そうして玲琳は三日かけて馬で北へ向かい、蠱毒の里があるという山脈の麓近くまでたどり着いた。

こんな風に一人で行動するのは生まれて初めてで、進むことと食べることを繰り返し北を目指す。

持ってきた食料にはまだ余裕がある。帰るまでは持つだろう。

盗賊などに襲われる心配もしていない。蠱師を襲う盗賊の方がよほど不運だ。

野宿するのも初めてで、体のあちこちが痛んだ。毒蜘蛛を枕代わりに夜を過ごした。

そして三日目の夜、玲琳は湖畔の木に馬を繋いで野宿しようとしていた。

何げなく辺りを見ていると、湖畔を取り囲む草むらに赤いものを発見する。月明かりに赤く輝く野苺（のいちご）だった。

「へえ……苺というのはこんな風に生（な）っているものなの」

新鮮な気持ちで草むらに近づき、手を伸ばして苺を一つ狩る。口に入れれば酸味と甘みが広がり、空腹感をなおのこと刺激された。

玲琳は一つ、また一つと苺を貪り、奥の方に生っているひときわ大きな果実に手を伸ばした。しかし重心を傾けて思い切り手を伸ばした途端、何の前触れもなく地面がぐらりと崩れた。夜の闇と草むらに隠れて見えなかったが、深い穴が開いていたらしく、玲琳は滑って下に落ちかける。

悲鳴を上げる間もなく落ちかけた玲琳は、しかしすんでのところで引き止められた。腕を引っ張られ、平坦（へいたん）な地面に座らされる。

玲琳は振り返って自分の腕を引いた者を見上げた。

ようやくたどり着いたと思った。

月明かりを背に立っているのは葉歌だった。

「……来たわよ、葉歌」

「あなたって人は……何やってるんですか！」

葉歌は怖い顔で怒鳴った。

「食い意地を張って穴に落ちるなんて王妃のすることですか！　それに後宮を飛び出して一人旅なんてありえません！　あなたの馬術が巧みなのは知ってますけど、危ないことには変わりありませんわ！」

一瞬玲琳は、魁の後宮にいるのかと錯覚した。そのくらい葉歌はいつも通りだ。

「いったいどこへ行くつもりだったんですか」

「蠱毒の里へ、蠱師を殺しに？」

ささやかな疑問形で玲琳は返す。葉歌はまた呆(あき)れ顔だ。

「ほんっと、馬鹿なことを！　まともな貴人のすることじゃありませんわ。まああなたにまともなんて言葉は当てはまらないでしょうけどね。そもそも玲琳様、どうして斎にいるんですか？」

葉歌はお妃様でも姫様でもなく、玲琳様と呼んだ。

「何故って、お前を捜しに来たのよ。お前を連れ戻して、お前が私から奪った蠱師の力を取り戻すために」

その答えを聞き、葉歌はまたしても嘆息した。

「力を失ったのならおとなしくしていればいいのに……何で来ちゃうんですか。あなたが来なければ、私は二度とあなたに会うことはなかったのに」

言って、彼女はしゃがみこんだ。葉歌の影が地面に落ちる。くっきりと影ができるほど、この夜の月は明るかった。

玲琳は葉歌の隣にしゃがみこんで聞いた。

「お前は私に会いたくなかったの？」

すると葉歌は顔を上げ、怒った顔で答えた。

「会いたくなんかありませんでした。それなのに玲琳様がこんなところまで来てしまったから……だから私は役目を果たさないといけないじゃないですか」

「お前の役目というのは何？」

玲琳は夜風を心地よく浴びながら、間近の葉歌に問いかけた。

「あなたを殺すことですよ」

葉歌は湖を眺め、ごく当たり前のように答えた。

「……そう」

予想していた——わけではなかったが、完全に想像の埒外（らちがい）というわけでもなかった。

さてどうしたものかと玲琳は思案し、最も言うべきことから言った。

「葉歌、私はお前が好きよ。私はお前が可愛いの」

突然の告白を受けて、葉歌はやや困惑気味にぱちくりと瞬きする。何の変哲もない普通の女だ。玲琳がよく知っている彼女だ。殺意を口にしたとは思えぬ平常さは、いっそ異常ですらあった。そしてその異常さこそが、葉歌という女の本質なのだった。

好奇心旺盛で色恋にすぐ首を突っ込みたがる俗っぽい乙女でありながら、眉一つ動かすことなく人を殺してしまえる残虐さを併せ持つ。その異常な二面性。

「お前のその異常性を――その毒を――私は愛しているわ」

何度も伝えてきた。お前が好きよと何度も言った。李玲琳という蠱師が惹かれるのは、毒の強い人間だけなのだから。他の誰も知らぬであろう彼女の毒を、玲琳は知っている。

愛を告げられ、葉歌は不意に笑み崩れた。

「そんなの……知ってますよ」

「なら一緒に帰りましょう」

玲琳は彼女に向かって手を差し伸べる。けれど葉歌は苦笑したままかぶりを振った。

「いいえ、私は帰りません」

彩蘭の言った通り、葉歌はあっさり拒んだ。

「何故帰らないの？　好きな男でもできた？　それなら帰ってこなくていいのよ」

「特にそのような相手はいませんよ。悪かったですね」

ちょっとムッとしたらしく、口をとがらせて否定する。

「では何故？」

「一族を統べる里長の命令だからです。私たちはその命令に逆らいません」

逆らえないではなく逆らわないと、葉歌は当たり前のように言った。

「葉歌……一族とは何？　里長とは誰？　葉歌、お前は何者？」

玲琳は、これまでただの一度も聞かなかったことを初めて聞いた。

その問いに、葉歌はゆっくりと言葉を切って答えた。

「玲琳様……薄々察しておられるのでは？　私は……蠱毒の里に生まれました。私は蠱毒の民の一人です」

その答えを、玲琳はゆっくり嚙みしめた。

「……お母様の故郷の？」

「ええ、そうです。私はあなたのお母様と血が繫がってるんです。つまり、あなたとも血が繫がってますよ。蠱毒の民は全員血縁者ですからね」

打ち明ける葉歌と自分の間に共通点を見いだせず、酷く現実感のない話を聞いているような気持ちがしながらも、玲琳はどこか納得していた。

葉歌は玲琳から蠱師の力を奪うほどの猛毒を持っていた。そして葉歌が目撃された関所は、蠱毒の里がある山脈へ向かう道の途中にある。彼女が蠱毒の民と何かしら関わりがあると想像するのは必然だった。

「葉歌……お前は蠱師なの？」

「いいえ。私は蠱師の里に生まれながら蠱師の才を持たなかった女です」

「葉歌、お前が蠱師じゃないのなら……」

「葉歌じゃありませんよ」

彼女は玲琳の言葉を遮った。わずかに語気が強まっていた。

葉歌はすっくと立ちあがった。月明かりが逆光になり、表情が見えづらくなる。

「その名は彩蘭様が戯れにつけた偽りの名。私の名前じゃありません」

玲琳は、姉が葉歌を連れて来た時のことを思い出した。

「それならお前の本当の名を教えて」

玲琳は即座に要求を返した。それが意外だったのか、葉歌は少し間を空けて、うっすらと口を開いた。

「森羅」

玲琳はこれでもかというほど目を見開いて葉歌を見上げた。森羅——その名を玲琳は知っていた。母が以前玲琳に教えた名だ。森羅がいずれ玲琳を殺しに来ると母は言った。ずっと忘れていたそのことを、つい先ごろ見た夢で玲琳は思い出したのだ。

「森羅……それがお前の名なの？」

「……いいえ、これは符丁です。役割を表すただの記号。私に名前はないんです」

葉歌は己を嘲るように笑った。

「蠱毒の里で生まれた女は必ず蠱師にならなければならない。蠱師の才を持って生まれなかった女は、名を与えられません。私は名のない、ただの森羅です」

森羅というその言葉を、玲琳は幾度か口の中で転がした。

「森羅……天地にある全てのものという意味ね。それが役割の名なの？　森羅とは何をする者なの？」

「掟を破った裏切り者の蠱師を始末する――それが森羅の役割です。蠱師を殺す者。それが森羅です」

玲琳は語る葉歌を真っ直ぐに見つめた。彼女の強さが何に由来するものか、深く考えたことはなかった。軍人とか暗殺者とか盗賊とか、想像できるものはいくつかあったが、ようやく得た真実はそれらを軽く超えていた。

「裏切り者の始末……」

その裏切り者が何を指すか理解できぬほど、玲琳は愚かではなかった。

だから母は言ったのだ。森羅が玲琳を殺しに来ると。

玲琳が悟ったことを葉歌も察したことだろう。淡々と話を進めてゆく。

「蠱毒の民は、里の外に蠱術を広めることを禁じているんですよ。蠱師はただ、依頼に従い人を呪い、殺す。それ以外をしてはならない。けれど……それを破った蠱師がいます。分かりますよね？　里長の娘であり、玲琳様の母親——胡蝶様です」

そうだ、裏切り者は母だ。そして玲琳は、その裏切りの証だ。

「胡蝶様は里を裏切り、斎皇家に入り、その力と血を残してしまった。それを始末するのが、森羅としての私の役割なんです」

しばし黙考し、じわじわとその意味を理解し、玲琳は首を傾げた。

「お前……もしかして……私のお母様を殺した？」

「……そのはずでしたよ。胡蝶様が病死しなければね」

また予想を裏切られ、玲琳は自分が安堵したのか腹立たしく感じたのか分からなくなる。

「胡蝶様を始末することは蠱毒の民の総意でした。けれど私の前に森羅だった男……ちなみに血縁上は私の父にあたる男ですが、彼は後宮に忍んで行ったきり生きて帰ってきませんでした。四肢をばらばらに切り刻まれて、河原に捨てられたんです。蠱毒の民は、斎皇家を敵に回してはならないと定めました。あそこはきっと、大陸で一番恐ろしい場所なんじゃないかしら。蠱師を殺す森羅を、殺す者がいる」

苦虫を嚙み潰したようなその顔も、やはりいつもの葉歌だ。この異常な会話の中、いつもの自分でいられる……それがどれだけ異常なことか……

「ならばどうして今更私を殺そうとするの？　お前はもしかして私を殺すために女官になったの？」

彼女の話が本当なら、そういうことになるはずだ。裏切り者の残した裏切りの証を始末する。それが葉歌の役割なのだ。

「里長があなたを始末する決定をしたのは、あなたが御父上を殺したからです。あなたはご自分の作った鼠蠱を彩蘭様に与え、皇帝を弑した。国事に関与するのは蠱毒の里の禁忌。だから私が新たな森羅として遣わされました。あなたと、彩蘭様を始末するために」

ですが——と、葉歌は嘆息する。

「私は失敗して、彩蘭様に捕えられてしまったんです。彩蘭様は死にかけている私に取引を持ち掛けました。命を助ける代わりに、あなたの女官となってあなたを守ること——それが取引の内容でした。だから私は、あなたの女官になってあなたの命を狙おうと考えました。私が長いこと戻らなかったので、一族は私が死んだと思っていたそうです。私はずっと、彩蘭様に見張られていましたからね」

そこで葉歌は何が可笑しかったのか、くすっと笑った。

「ようやく一族の者と連絡をとったのは八か月前、あなたの輿入れに同行して斎から出る時でしたよ。一族の者は驚いていました。死んだと思っていた森羅が生きていたんですからね。魁へ嫁いだ李玲琳を始末しろ——と、命じられました。斎皇家に流出しただけでも許されない蠱術が、今度は魁王家にまで広まってしまう。それを防がねばならない。そう言われました」

「でも私は生きているわ。お前は私を殺さなかった」

「ええ、私があなたを殺した犯人だと知られるわけにはいきませんでした。知られてしまえば、彩蘭様が蠱毒の里の敵に回ります。あの方を敵に回すことだけはできない。あなたには、蠱毒の民と関わりなく死んでもらわなくてはなりません。今日やっと、その機会が巡ってきましたね」

葉歌はにこっと笑った。

「ここであなたを始末すれば、誰にも私が犯人と知られることはありません」

「なるほど、全部理解したわ」

葉歌は戻らないと彩蘭が言った理由。普稀が教えると言っていた葉歌の正体。それらを全て理解した。

「お前が何故私の女官になったのか、何をしようとしていたのか、よく分かったわ。その上で言う。そんな命令を聞く必要はないわ」

玲琳は強く言い切った。

「蠱師が何人集まろうが、私のお姉様より怖い者などいないわ。お前だって分かっているはずよ。お姉様を恐ろしいと思うなら、一族を捨てて私の手を取りなさい。魁へ連れて帰ってあげる。名がないというなら私があげるわ。お前は私の葉歌よ」

玲琳は立ち上がり、再び手を差し出した。しかし葉歌はやはりその手を取らなかった。何故か突然周囲を探るように視線を巡らせ、何もない静かな景色の一点に目を止めた。そこに隠れている何かを見出(みいだ)そうとするかのような目つき。

しばしその一点を見つめていた葉歌は、ややあって玲琳に向き直った。

「ねえ、玲琳様……蠱師に生まれるのはどんな気持ちですか？　怖いですか？　それとも誇らしい？　あなたなら誇らしく思ってるんでしょうね。私が生まれた時、里の女たちは私を出来損ないと呼んだそうですよ」

自嘲的に笑いながら、葉歌は自分の手を見た。皮膚の向こうに流れる血を透かして見ようとするかのように。

「本来なら、森羅は男の役割なんです。蠱毒の里で、男の価値は羽より軽い。だって蠱術を使えない男ができるのは、種をつけることだけなんですから。男は奴隷と変わりません。そんな男でも、強さがあれば使い道が生まれる。それが森羅です。里の男で最も強い者は森羅になれるんです。私の前の森羅も、その前の森羅も、みんな男。

だけど……今の里には私より強い男がいなかった。そして私には蠱師の才がひとかけらもなかった。私という生き物は、無価値な男より更に価値のない女として生まれました。そんな私にとっては、森羅であることだけが存在意義なんです」

そんな言葉を、葉歌は軽やかな声で投げつけてくる。

「だから私は、里長の娘に生まれながら里を裏切った胡蝶様が理解できない。里長は今でも胡蝶様とあなたを憎んでいます。本当に胡蝶様は罪なことをなさいましたわ。里の男と子を作っていれば、こんなことにはならなかったのに」

「それは仕方がないわ。私がこの世に生まれてくるためには、お母様の裏切りが必要だったのだもの」

玲琳に生まれなければよかったという選択肢はない。別の場所に生まれればとも思わない。母の娘として、姉の妹として、蠱師として、生まれたことを誇れないのなら李玲琳という人間に価値はない。

「あなたは変わりませんね。いつもそうです。曲がらないし、折れない。私の正体を知っても平気で戻って来いという。あなたはいつもおっしゃいますよね。私のことが好きだって。その気持ちも変わっていないんでしょうね」

「ええ、私は今でもお前が好きよ」

「はい、知ってます。だって私も、あなたを好きですからね」

笑顔で返され、玲琳はぞくりとした。その笑みの裏に潜む毒の気配。

「私はいつもそうなんです。すぐ人を好きになってしまう。あなたの命を狙い続けて、傍にい続けて、迷惑ばっかりかけられて……私はあなたを好きになってしまった」

だけどと葉歌は続けた。

「それでもね、私はあなたを殺すんです。森羅として役割を果たせと命令されているから……。私はあなたを好きだけど、それはあなたを殺さない理由になりません。あなたに会うまでずっと、殊更好きではない人たちに従って、別段嫌いではない人たちを殺し続けて生きてきたんです。何人も何人も……。私の行動は、いつだって感情と繋がっていない。だから私は、あなたを殺せてしまうんです」

物騒な言葉を、まるで朝食の相談か何かのように……

「ねえ、玲琳様……だから私は言ったじゃないですか。私が本当はあなたの味方じゃなかったらどうするんですかって」

微苦笑で言われ、玲琳は記憶をたどる。その言葉はずいぶん前、鍠牙と彩蘭の会談に同行した際、葉歌が口にしたものだ。あれは葉歌が彩蘭に魁の情報を漏らしていることについて言っているのだと思っていた。けれど、そうではなかったとしたら……？

葉歌は玲琳が魁へ嫁ぐよりずっと前から——いや、初めから、裏切り者だったのだ。

「お前が私を殺したいのは分かったわ。なら、斎の皇女を蠱病にしたのもお前なの？　あれはお母様の文献に記されていた幽鬼の術。蠱毒の里に伝わる術だわ」

あの術を使って、おそらく術者は他の誰かを殺そうとしている。それは――

「本当の標的は私？　あの女に私を殺させるために蠱術を使ったの？」

そう考えれば全ての辻褄が合った。

「だとしたらどうします？」

「あの術を使った蠱師を私の前に連れてきなさい。蠱病を解蠱して、お前を魁へ連れ戻すわ」

玲琳は即答した。葉歌は呆れ顔で嘆息する。

「無理ですよ、あなたはここで死ぬんですから」

「できるものならやってみなさい。お母様の娘であるこの私を殺せるのなら」

玲琳の言葉に反応し、肩に纏わりついていた毒蜘蛛が目を光らせた。しかしその威容を目の当たりにしても、葉歌は落ち着き払っていた。

「殺せますよ。私は森羅ですもの」

のどかとさえいえるほどの穏やかさで彼女は語った。

「森羅がどうやって育つかご存じですか？　蠱師の力を持って生まれなかった里の人間は、幼い頃から蠱毒の練習台にされます。毎日のように毒を飲まされ、死ぬ者も少なくありません。そうやって育つとね、段々毒に耐性がついてくるんですよ。その中で一番強い者が森羅です。分かりますか？　森羅に蠱毒は効きません」

玲琳は驚きに目を見張る。蠱師以外で蠱毒の効かない人間――？

道端に咲く花の名を説明するかのように葉歌は言った。

「信じられないですか？　でも、あなたの体はそれを証明してますよ。玲琳様、あなたに飲ませた毒の正体――それは私の血です。森羅の血は蠱毒を打ち消す毒。これを飲ませるのは、厄介な蠱師を処刑する方法の一つです。私の血を飲まされて、あなたの血はまともに蠱師として機能しなくなってしまったでしょう？　森羅の血は蠱の天敵。天敵の匂いがする蠱師に蠱は従いません。それでも一匹蠱を従えているあなたは自分の血を誇るべきですね。私の血では打ち消しきれないほどあなたの毒は強かった。もっとも……その毒は私に効きませんけれど」

葉歌は優しげに笑った。

葉歌と過ごした日々が脳裏をよぎった。葉歌はいつも蟲を見ると怯えて逃げる。なるほど葉歌は、そうしなければならなかったのだ。逃げてみせなければきっと、蟲の方が天敵である葉歌を避けていただろう。己の正体を隠すために、葉歌は蟲を怖がってみせなければならなかった。

「だから玲琳様、おとなしく死んでくださいね」

「お前……どうして悲しそうな顔をしているの？」

玲琳の死を口にする葉歌は言葉に似合わず悲しげな顔をしている。

「だって、あなたに死んでほしくありませんもの。あなたが魁に留まっていてくれたらどんなに良かったでしょう。あなたの亡骸を見たら、きっと辛くて悲しくて泣くと思います」

「それでも殺すのね？」

念を押す玲琳に、葉歌は軽く首を傾けてみせた。

「ええ、殺しますよ。私の感情は私の行動を支配しませんから。言ったじゃないですか、私があなたを好きなことは、あなたを殺さない理由にならない」

当たり前のことを語るかのような葉歌に、玲琳は見入る。そこに立っている女はどこまでも、玲琳が知っている葉歌だった。

「葉歌」

玲琳は微笑みを浮かべて呼びかけた。

「何ですか？」

「お前のそういうところ、好きよ」

「ええ、知ってます。だから……そろそろあなたを殺していいですか？」

葉歌は懐から短剣を取り出した。鞘を払うと三日月のような刀身が輝く。

ぞくりと背筋を震わせながら、玲琳は葉歌から目を離すことができなかった。

「……どうして笑ってるんです？」

葉歌は不可解そうに眉を寄せた。彼女の言う通り、確かに玲琳は笑っていた。

「どうしてかしらね、きっとお前が魅力的だから笑ってしまうのよ」

「呆れた。あなたを殺そうとしてる人間を前にして、まだそんなこと言うなんて。危ない時にはちゃんと逃げなくちゃダメじゃないですか」

殺すと言いながら逃げろと言う。

「無駄なことはしないわ。お前が本気で追ってきたら、私は逃げきれないと分かっているわよ」

玲琳は後退り（あとずさり）すらしない。

葉歌の身体能力はよく知っているし、己がさほど逃げ足の速い人間ではないことも分かっている。逃げるなど無駄なことだ。

「賢明ですね。なら、どうか動かないでください。あなたを苦しませたくはないんです。じっとしていてくだされば、楽に殺してあげますわ」

葉歌は餞（はなむけ）のように笑顔を見せた。逃げろと言いながら動かないでと言う。その奇妙さを、本人は自覚しているのだろうか。

玲琳はそんな彼女を真っ直ぐ見つめ返す。

葉歌は短剣を無造作に握り、静かに振りかぶった。

彼女ならば瞬きしている間に相手を殺してしまえるのだろうなと、玲琳はぼんやり考えた。

次の瞬間——葉歌はすごい勢いで飛び退った。固まっている玲琳の頰をかすかな風が掠め、一瞬前まで葉歌が立っていた地面に剣が突き刺さっていた。

何者かが葉歌に向かって剣を投擲したのだと理解するのに、少しかかった。

しばしぽかんとしていた玲琳は、土を踏む足音を聞いて振り向いた。そこにはよく知った男の姿があった。

「!?　鍠牙!!」

玲琳は驚きのあまり叫んでいた。呆然として目を疑う。いくら玲琳が人の顔を覚えぬといっても、さすがに夫の顔を覚えていないはずはなかった。目の前にいるのは紛れもなく、楊鍠牙だった。

彼は軽く頸筋を搔き、すたすたと歩いてくる。簡素な旅装に身を包んでおり、奇妙に表情がなかった。

「お前……どうしてここに……」

驚く玲琳と対照的に、葉歌は平然としていた。

「気づきませんでしたか？　玲琳様。鍠牙様はさっきからずーっといましたよ」

呆れ声で言われてピンとくる。葉歌が何かを探すように辺りを見回していたことを思い出した。彼女はきっとあの時、鍠牙に気がついたのだ。

全部話を聞いていて今まで潜んでいたのなら、彼は相当に人が悪い。

「邪魔が入ってしまいましたね」

葉歌は吐息まじりに言った。

「今夜のところは諦めましょう。鍠牙様に守られるあなたを殺すのは骨が折れます」

「諦めるの？」

玲琳は彼女を呼び止めるように聞いた。

「もちろんいずれ殺しますよ。それが私の役割ですから」

そう言って、葉歌はくるりと背を向けた。静かな湖畔をゆっくり歩いて去ってゆく。追いかければ容易く捕まえられそうな足取り。けれど、その歩みを止めることができる者はいないだろうと玲琳は思った。


さて――と、玲琳は夫に向き合わねばならなかった。

「お前は本当に、私の夫の楊鍠牙かしら？」

確信を持ってはいたが、玲琳は一応確認した。

「俺はそれ以外の人間になったことはないな」

軽く肩をすくめて彼は答えた。

「どうして来たの？」

「……俺が今あなたを殴って気絶させて縛り上げて魁へ連れ戻しても、文句を言われる筋合いはないいんじゃないか？」

鍠牙はうっすらと笑った。その笑みに苛烈な怒りが込められているのを感じ、玲琳はどうしたものかと少し困った。

「よくも眠らせてくれたな、姫」

「だってお前が邪魔だったのだもの」

「……姫、必ずしも正直にものを言うことが正義とは限らんぞ」

鍠牙は酷い渋面になる。自分は本当に殴られて連れ戻されるのではないかと玲琳は危ぶんだ。

「それを踏まえて俺に何か言うことはあるか？」

また笑みを浮かべて聞かれ、返答を間違えばたちまち危険なことになりそうだと玲琳は思ったが、とりあえず本当に思ったことだけを言うことにした。

「どうやって私を見つけたの？」

玲琳がここにいることを知っているのは葉歌だけだ。まさか彼女が鍠牙を連れて来たわけではあるまい。

「これが教えてくれた」

半ば問いを無視された鍠牙だったが、別段腹を立てるでもなく背後に目をやる。

にゃあにゃあと鳴き声をあげながら、五匹の猫が姿を見せた。

「これがあなたの居場所を見つけたんだ」

淡々と説明する鍠牙を見上げ、玲琳は呆気にとられた。

「お前……どうやってこの子たちを？　まさか、夕蓮に？」

これは夕蓮の猫鬼だ。玲琳が夕蓮から奪い、力を失って逃げられてしまった蠱だ。

「それ以外ないだろうな」

信じられない思いで玲琳は鍠牙と猫鬼を交互に見やる。

「お前とこの子たちだけで来たの？」

玲琳は辺りを見回した。近くに人影は見当たらない。

「まさか。無論供を連れて来た。というか、あなたを迎えに遣わしたという名目の隊列に紛れて来たんだ。利汪はいい顔をしなかったがな」

「待って、私はまだ帰れないわ。葉歌を取り戻して、蠱病を解蠱しなくちゃいけないのよ」

「どうしても俺と一緒には帰らないと？」

「ええ、帰らないわ」

「そうか、分かった」

「え、いいの？」

「ああ、俺が姫の意志を変えられるとは思わないからな」

意外なほどすんなり受けいれられ、玲琳は訝った。玲琳の疑った通り、鍠牙は先を続ける。

「その代わり、俺も斎の後宮へ付き合おう」

「お前が？」

「ああ」

「何を企んでいるの？」

「夫が妻の傍にいたいと思うのはおかしいか？」

軽やかに言う。ますます怪しい。じっとりとした目でしばし彼を観察するものの、その真意は分からない。

「……いいわ、一緒に斎の宮廷へ行きましょう」

玲琳は諦めて応じた。鍠牙はにこりと笑って礼をした。

「仰せのままに、姫」

夜が明ける前に、玲琳は鍠牙に連れられ、彼が伴った従者たちと合流した。

「まさか陛下が直接お妃様を迎えに来られるとはなあ……」「こんな無茶をなさるなんてびっくりしたよ」「それだけお妃様を想っておられるのだろう」「陛下の大切なお妃様を、我々がお守りしなくてはな」「うむ、たとえどんなに不気味で恐ろしいお妃様でもな」「なあに、人にはそれぞれ性癖というものがある。陛下がお妃様を寵愛なさることに何の問題があるものか」「そうだそうだ、女の好みは自由じゃないか」「あぁ、お妃様は見た目だけならお美しい。見た目以外はアレだがな」

鍠牙が玲琳を保護したと知った従者たちは、ワイワイとそんなことを話し合っている。彼らの中に、王妃が一人で山の中にいたという事実を訝る者はもはやいないらしい。玲琳がこういった行動をとるのは想定の範囲内ということだろう。頼もしいと言うべきか、無礼だと言うべきか……

一行は三日をかけて斎の宮廷へたどり着いた。その三日の間に、玲琳は斎であった出来事を全て鍠牙に話して聞かせた。

宮廷へ入る頃にはとっぷりと日が暮れており、一同は驚きをもって斎の宮廷に迎え入れられた。玲琳を迎えに来た従者という名目の彼らが通されたのは、宮廷の一角にある衛士の詰め所である。玲琳も後宮へは入らずそこで待つ。知らせを受け、後宮を守る衛士の乾坤が駆け付けて来た。

「玲琳様！　いったいどこへ行っておられたのですか。みなが心配しておりました。どうぞ後宮へお戻りください」

「その前に一つ頼みがあるわ。この男を後宮へ入れたいの」

玲琳は後ろに立っていた鍠牙を示した。乾坤は眉を顰めて難色を示した。

「後宮へ男性を入れることはできません」

「ならばお姉様のお許しを得るわ。許可があれば後宮へ入っても問題はないはずよ。ここへお姉様を呼んできて」

特別に許可されていれば、後宮の姫たちが呼んだ旅芸人や、人気の歌い手、評判の占い師などは後宮へ入ることができる。もちろん彼らは厳重に行動を監視され、用が済めば直ちに後宮から出ていかねばならないのだが。

「許可を得るのは構いませんが、もう夜も遅いですし、陛下は足を痛めていらっしゃいます。代わりに普稀様をお呼びしましょう」

「いいえ、お姉様が必要なの。この男を見れば、お姉様は滞在をお許しになると思うのよ」

玲琳が頑として譲らないので、乾坤は渋々といった風に後宮へ戻っていった。

「あの男は？」

乾坤の姿が見えなくなると鍠牙が小声で聞いてきた。

「後宮の衛士だそうよ。お姉様にお仕えしているの」

「へえ……」

「何か気になるの？」

「普通気になるだろう」

「何故？」

玲琳は彼が何を気にしているのか分からず聞き返したが、鍠牙は鍠牙で玲琳の無理解が理解できないというように首を捻っている。

「何故って……あれはあなたの傍に侍っているのか？」

「そういうわけではないけれど、色々手伝ってくれたわ」

「あなた自身に関心があるのかもしれないな」

「蠱師だからでしょう？」

「見てくれに惹かれることもあるだろう」

思いもよらぬことを言われて玲琳は啞然とした。

「まさか！　ありえないわ。天地がひっくり返ってもありえない。あの男はお姉様の従者よ。他の女に目が行くなんてあるはずがないわ」

玲琳は大仰な手ぶりで否定した。実際、玲琳は斎の後宮にいたころ男の目を引いたことはなかった。そもそも斉の後宮は男子禁制なのだが。

そこまで考えて、玲琳はふと奇妙な感じがした。自分が寝ぼけているような……そのまま裸で外を歩いているような……奇妙な感覚だ。酷くおかしなことをしているのに、自分でそれに気づいていない。そんな違和感。

口元を押さえて違和感の正体を探ろうとするが、そこには霞がかかっていて、向こう側に何があるのか見通すことはできないのだった。

玲琳が難しい顔で唸っていると、辺りの空気が一変した。その場の人間が全員緊張感をもってひれ伏す。

玲琳が顔を上げると、彩蘭が夫の普稀に抱きかかえられて姿を見せた。

「玲琳、心配しましたよ」

優しく声をかけられた途端、玲琳はぎくりとした。彩蘭が酷く怒っている。それが分かった。

玲琳は彩蘭を抱きかかえる普稀の足下に跪いた。

「お姉様、私は蠱毒の里へ行こうとしたの」

「何ですって？」

「その場所を、お姉様にも教えるわけにはいかなかったのよ。お母様の言いつけを破ることになってしまうわ。だから一人で向かったの。おかげで葉歌と再会できた。彼女が何者だか、全部知ったわ」

跪いたまま、しかし臆することなく説明する。彩蘭から怒りの気配が消えた。

「事情は分かりました」

「分かってくださってありがとう、お姉様」

玲琳は深々と礼をし、己の傍らに目をやった。そこには鍠牙が従者宜しく跪いて礼をしている。

「一つお願いがあるのだけど……この男を私の従者として後宮へ入れたいの。許可をいただける？」

玲琳は鍠牙を手のひらで示した。彩蘭は不可解そうに眉を顰めた。

「玲琳、ただの従者を後宮へ入れることはできませんよ。後宮には大切な姫たちが大勢いるのですから」

「大丈夫よ。この男はおかしなことをしたりしないわ。そうよね？」

最後の一言を鍠牙に向かってかけると、彼は顔を上げて彩蘭を見上げた。

その瞬間、玲琳は世にも珍しいものを見た。

彩蘭が――あのいつも悠然としている彩蘭が、あんぐり口を開けて仰け反り、普稀の腕の中から落ちかけたのである。

間の抜けた表情のまま、彩蘭は鍠牙に見入っている。

玲琳は初めて鍠牙を尊敬した。

「我が国の大切なお妃様の前で、不埒な行為など無論いたしません」

鍠牙はいかにも嘘くさく、にこやかに笑いかけた。

しばし啞然としていた彩蘭は、そこでようやく普段の調子を取り戻した。姿勢を正し、優艶な微笑みを返す。

「分かりました。そこまで言うのなら許しましょう」

「彩蘭、いいのかい？」

妻を抱きかかえていた普稀がびっくりした顔で確認する。

「ええ、大丈夫ですよ。わたくしはその方をよく存じています。妻に頭の上がらぬ愛妻家ゆえ、おかしなことは決してしないでしょう」

その説明に鍠牙の表情が一瞬ひきつったが、彼はそれを隠して再び礼をした。

「寛大な皇帝陛下に感謝いたします」

何という茶番だと、玲琳は呆れかえり、そして可笑しくなった。

「斎の女帝をからかってやったと思うと気分は悪くないな」

玲琳の部屋に案内されている途中、後ろを歩いていた鍠牙がぼそりと言った。先導する乾坤に聞かれぬための小声であろう。ちらと振り返れば、にやにやと笑う顔があった。

「そうね、お前がお姉様に勝っているところなど何一つないのだから、この快挙を少しは褒めてやってもいいわ」

「それはありがたき幸せです、お妃様」

鍠牙は歩きながらふざけて礼をした。

夜の回廊を歩いていると、向こうから数人の女官と、女官に囲まれた姫らしき女性が歩いてきた。彼女たちはこちらを見てぎょっとした顔をした。

「男!?　どうして男がここに入っているの!?」

「姫様、お隠れください」

「玲琳様！　いったいどういうおつもりですの！」

悲鳴よろしく喚く。

「お姉様がお許しになったのよ。騒ぎ立てるのはおやめ」

玲琳はしれっと言って、廊下の端へ怯えたように身を寄せる彼女たちの横を通り過ぎる。

すれ違いざま、鍠牙は彼女たちににこりと笑いかけた。

嘘くさく人好きのする笑みを向けられ、恐怖と腹立ちで顔をこわばらせていた彼女たちは、たちまちぽーっとなる。何しろ男に免疫のない姫たちだ。

「な、何よ……僻地の蛮族のくせに……」

赤い顔で照れ隠しのように呟く彼女たちを置いて、玲琳たちは部屋に向かった。

入室した途端、そこで不安そうに待っていた女官の翠と藍が喜色満面になる。

「お妃様……！　よくご無事で……！」

「私たち、生きた心地がしませんでしたわ！」

「お妃様がお戻りになったと聞いて、どれだけ嬉しかったか」

二人は玲琳に駆け寄り、そこで信じられないと言うように目を真ん丸くした。

「へ……陛下!?」

後から入ってきた鍠牙を見て、双子は仰天する。

鍠牙は部屋の外を軽く窺い、ぴしゃりと扉を閉めた。ここまで案内してきた衛士が今の言葉を聞いていなかったかどうか確かめたのだろう。

安全だと分かると、鍠牙は鷹揚に笑いかけた。

「二人とも妃によく仕えてくれているようだな」

たちまち、双子はぶわっと涙を溢れさせる。

「なんてことでしょう……これは夢ですの!?　陛下が迎えに来てくださるなんて。うう……心細かったですわ。頼れる人が蠱師のお妃様しかいないんですもの」

「本当ですわよ。お妃様は全然街に連れていってくれないし、お土産を買うこともできないし、観光もできないし」

「私たちはお妃様の評判を少しでも良くしようと懸命に努めましたけれど、無理でしたわ。お妃様は故郷の方々に嫌われすぎです」

「斎の姫君たちとお近づきになって、あわよくば素敵な土産物をなんて……とんだ夢物語でしたわ」

「ああ……でもこれでようやく魁へ帰れるんですわね。もう二度と斎には来たくありませんわ。斎の姫君方は意地悪ですもの」

「私も早く帰りたいですわ。でも、帰る前に街でお買い物をさせてくださいませ」

翠の発言はさりげなく失礼であり、藍の発言は欲に忠実すぎた。

口にする内容は違えど、鍠牙を見つめる二人の瞳は全く同じである。その信頼感に満ちた眼差したるや、玲琳に対するものとは比べ物にならないのだった。

「妃はそんなに嫌われているか」

鍠牙は苦笑する。

「あ、いえ……そ、そこまで嫌われているわけではありませんわ。きっと、ネズミが出た時くらいのアレですわよ」

「そうそう、ゴキブリが出た時くらいのアレですわ」

「何より私たちは、お妃様が誰からどんな風に嫌われていようと、お妃様にお味方しますわ！　どのような方だとしても私たちのお妃様には変わりありませんもの！」

翠が胸を張って断言した。

いったい自分という人間は、誰からどんな風に嫌われているのだろうかと玲琳は訝り、しかしすぐにどうでもよいことだと思考を手放した。

鍠牙は可笑しそうにくつくつ笑っている。

彼の笑みを見て安心したのか、双子は顔を見合わせて頷き、

「では、私どもは失礼しますわ。隣の部屋に控えております。どうか、お妃様とゆっくりお過ごしくださいませ」

いそいそと退室したのだった。

二人きりになると、玲琳は急に疲労を自覚した。肩を落とし、深々と息を吐く。

鍠牙は物珍しそうに玲琳の部屋を見回すと、そこに置かれていた木の椅子に座った。背もたれに凝った彫刻の施された上質な椅子である。鍠牙はそこに座し、膝に頬杖をついてまじまじと玲琳を眺めた。

「何？」

あまりに長いこと見つめられ、玲琳は怪訝な顔で聞いた。

「……こうして久々に見てみると、姫は本当に美しい女性に成長しているんだなと

思ってな」

「そうかしら？」

「ああ、最後に会った時と印象が違う」

「ふうん……私が成長したらお前は嬉しい？」

玲琳は鍠牙の座る椅子の前に立ち、顔を近づけるように体を傾けた。

「……そうだな。早く成長してもらえると助かる」

鍠牙は一瞬間を空け、にこりと笑った。途端、玲琳は眦を吊り上げた。

「お前……今嘘を吐いたね？」

「姫、時には嘘を優しく見逃すということも、夫婦間においては重要じゃないか？」

鍠牙は頬杖をやめて身を起こし、かぶりを振った。

「人はそれを思いやりと呼ぶものだ」

「ならば、蠱師に思いやりを期待することを、人は愚行と呼ぶのでしょうね」

玲琳はそう挑発する。しかし鍠牙はその挑発に乗ってこなかった。

「そうか、俺が愚かだったな」

降参するように両手を軽く上げる。

そんな鍠牙を見やり、玲琳は不思議に思った。

「お前はずっと、私が育ってくれないと女に見えないなんて文句を言っていたのに、いざ私が成長したら嫌になったの？」

まったくもって矛盾している。

「もしや、幼女趣味に目覚めてしまったとか？」

玲琳は至極真面目に想像した。

「そういった新しい趣味を得た覚えはとんとないがな」

「では何故？」

玲琳はずいっと身を寄せ、鍠牙に顔を近づけた。鍠牙は自分の考えをまとめようとするように首をひねり、

「あなたが美しく成長してしまうと、あなたに惹かれる者が増えるだろう？」

などと言いだした。

「その証拠に、近頃は女官や臣下があなたを見る目も変わってきている。あなたに見とれている者も多いぞ。黙ってさえいれば美しいお妃様とみんな言っているしな。王宮の医師たちもあなたを信頼している。あなたを恐れている者は多いが、それと同じくらい彼らはあなたを頼りに思っているだろう。翠も藍もあれこれ言っているが、あなたを慕っている。魁に残してきた里里は、あなたがいなければ生きてゆけないほどあなたに心酔している」

つらつらと並べ立てられ、玲琳は疑わしげに眉を寄せた。

「それは……褒めているのじゃないわね？」

「ああ、褒めてはいないな。あなたが美しく成長するのは気に喰わないからな」

鍠牙はさらりとそう続けた。

軽やかな笑顔に乗せて告げられ、玲琳は目を白黒させた。彼が何を言っているのか、全く理解できなかったと言っていい。

「つまりお前は……私の容姿が気に喰わないの？　この顔が好みではない？」

玲琳は自分の顔を指さす。色々悪しざまに言われて育った玲琳だが、よくよく思い返してみると顔が嫌いだと言われたことは一度もなかった。

「気に入らないのなら、好きなように傷をつければいいわ。お前になら許すわ」

己の顔形にはこだわりがないし、傷はいくらでも治せるものだ。傷跡があれば鍠牙が満足するなら、まあその程度は与えてもいい。

「どうして俺があなたの顔に傷をつけるんだ。意味の分からないことを言うな」

鍠牙は呆れたように鼻を鳴らした。

「お前が意味の分からないことを言っているのよ。馬鹿なの？」

「理解できないか？　つまり、あなたを好いている人間が存在するのが気に喰わないということだ」

「は？　何故？」

玲琳はきょとんとした。全く想像もしていなかったことを言われたからだ。自分の妻の評判が悪くて気に喰わないと言うならまだわかるが、好かれていることが気に喰わない？　なんだそれは。

「まあ簡単に言うとだな、あなたを美しいと思う者がいることが気に喰わない。あなたを魅力的な女として見る者がいることが気に喰わない。あなたを頼る者がいることが気に喰わない。あなたを慕う者がいることが気に喰わない。俺は——あなたがこの世に存在する全ての人間から嫌われればいいと思っている。だから、あなたは成長しなくていい」

言い切って、彼はにっこり笑った。さわやかな笑顔と言葉の内容が不釣り合いすぎて気味が悪い。

「……馬鹿だ馬鹿だと思っていたけれど……お前という男は、想像の埒外にある真正の大馬鹿者ね」

玲琳は完全に呆れ返って断言した。

本物の馬鹿だ。阿呆だ。こんな異常なことを言う人間を、玲琳は他に知らない。

「うん、そうだ。俺は大馬鹿なんだろうと思う」

「ええそうね。安心しなさい。私はこの世にいる大概の人間からは嫌われているわ」

「ああ、だからもう少し頑張って全員に嫌われてみようか。あなたが誰を好きでも構わないが、あなたを好きな人間は俺だけでいい」

鍠牙はにこやかに笑う。いっそ清々しいほどの毒々しさだ。玲琳もにこっと笑い返した。

「それはお前が決めることじゃないわ。分かっているでしょう？　私がお前の望む通りに動くことなどありえないと」

「ああ、そうだろうな。俺の思い通りにならない、危険で、悍ましくて、傲慢な魔物。だから俺はあなたが可愛いんだ」

満足げに言い、鍠牙は手を伸ばして玲琳の頬を撫でた。

「なあ、姫……それで、これからどうするつもりだ？」

彼の表情が不意に変わった。瞳が鋭さを帯びる。

「どうする……というのは？」

「あなたと葉歌とこの後宮の事情は分かった。で、あなたはどうこれを解決するつもりだ？」

「もちろん葉歌を捕まえて、蠱師の力を取り戻して、蠱病を解蠱するのよ」

「それはどのくらいかかる？」

そう聞かれても、はっきりと答えが出せるものではない。玲琳が難しい顔をすると、鍠牙はうっすら笑った。

「姫、俺はそう長いことこの国にいられない。そして、俺が帰る時にはあなたを一緒に連れて帰る。絶対にだ」

鍠牙は玲琳の手首を握った。いつもより遥かに強い力で握られ、玲琳は顔をしかめる。わざと痛めつけようとしている感じはせず、たぶん無意識なのだろうと感じた。普段の鍠牙はしばしば玲琳を粗雑に扱う。担ぐし、投げるし、引っ張るし……けれどそれですら気遣われていたのだと、不意に分かった。

鍠牙の力は緩まない。彼の気まぐれで残虐な幼児性が、蟲の羽をむしるように玲琳の腕をもいでしまうのではないかと感じた。

「この事件を解決せずに私が斎を出ることを、お姉様はお許しにならないわ」

「そうだろうな。だが、だからどうした？」

鍠牙は軽く首を傾げた。

「姫……あなたは、俺が李彩蘭と殴り合いをするようなことはないと思っているだろう。国のためなら、痛みを飲むと思っているだろう。なあ、あまり俺を舐めるなよ。あなたを斎に渡すくらいなら、俺は魁を差し出すぞ」

底冷えのする声で断じられ、玲琳はぞくりとした。

「十日だ、姫。十日だけ待ってやる。その間にこの事件を解決できなければ、俺はあなたを無理やり魁へ連れて帰る。魁へ残してきた臣下にこれ以上迷惑はかけられんからな。その後は……斎と戦争だ」

「わけが……分からないわね。迷惑をかけたくないのなら、戦などするべきではないでしょうに。利汪が泣くわよ」

彼は自分がおかしなことを言っているという自覚があるのだろうか？

「この世の人間が全員地獄の苦しみのなか死んだところで、別にどうも思わんよ。屍（しかばね）の群れにあなたさえいなければ」

平然と……当たり前の事実を語るように彼は言った。本気なのだろうと玲琳は感じた。全ての人が死に絶えて、その屍を眺めながら、それでも彼は眉一つ動かさないのだろうなと思った。その姿を容易く想像できた。

「姫……何がおかしい」

言われて思わず自分の頬を押さえる。彼の言う通り、玲琳の頬は緩んでいた。

最近玲琳に甘いこの男が、毒を失ってしまったら……玲琳にとってただ夫であるだけの男になってしまったら……自分は彼をどう思うのだろうと、玲琳は考えたことがある。

下らぬ杞憂（きゆう）だった。どれほど甘くなろうが、彼は甘美で苦い毒でしかない。玲琳が蠱師にしかなれぬように、彼は毒にしかなれぬのだ。

「ふふ、お前は毒の化生（けしょう）だわ」

楽しげに言う玲琳に、鍠牙は不愉快そうな表情を浮かべる。

「いいわ、一緒に帰りましょう。十日の間にこの事件を解決してみせるわ」

玲琳は軽く腰に手を当てる。

「そうしないと、お前のために作ってきた解蠱薬も尽きてしまうでしょうしね」

「ああ……あれならもうないぞ」

「え？　まだ十分あるはずよ」

まさか飲みすぎたのかと玲琳は焦る。しかし鍠牙はしれっと言った。

「あれはもう全部捨てた」

「すて……え？　何ですって？」

「全部捨てたと言った」

きっぱりと言われ、玲琳はぽかんと口を開けた。その意味を解し、腹が立ち、呆れ、ふっと笑った。

「私がいなくてそんなに寂しかったの？」

「寂しかったに決まっている」

何故か鍠牙は威張るように答えた。

「そう、なら今夜は一緒に寝ることを許すわ」

「しかし姫、大帝国斎の皇女たるあなた様が、私のごとき従者と同衾するなど許されないのではありませんか？」

　玲琳に応え、鍠牙はしかつめらしくふざけた物言いをし始める。

「そうかしら？　それならお前とは寝ないことにするわ。従者たちのところへお戻りなさい」

「いや、早まるな、姫。冗談だ。夢の中までお供させていただこう」

　と、彼は一瞬で手のひらを返した。

　玲琳はおかしくなってくっくと笑った。

「お前は本当に私が好きだね」

「まあ、今更そんな分かりきったことを指摘されてもな」

「ではお前に共寝を命じるわ。私を寝台へ運んでちょうだい」

「仰せのままに」

　鍠牙は玲琳を抱き上げて、寝台へと運んだ。


　その深夜のことである。

　玲琳は突然聞こえてきた激しい物音で目を覚ました。何かを殴るような物音と、女たちの悲鳴。

暗闇の中で身を起こそうとするが、金縛りのように体が動かない。寝ぼけた頭でしばし考え、自分が夫の腕の中にいるのだと思いだした。

玲琳がいない間ほとんど眠れていなかった鍠牙は、死んだように眠っている。玲琳に両腕を絡みつかせて、決して放すまいとしている。そして二人の枕元には、丸まった五匹の猫と巨大な蜘蛛が。

久しぶりによく寝ている鍠牙の眠りを妨げたくないと思ったが、騒音が少しずつ近づいてきてそうも言っていられなくなる。

「鍠牙、起きなさい」

玲琳は拘束された腕をどうにか動かし、闇の中で眠り続ける鍠牙の頬をぴしぴしと叩いた。それでも彼が目を覚まさないので、ぴしぴしではなくびしびしに変わる。

幾度も叩かれた鍠牙はようやくうっすら目を開けた。喉の奥で唸っている。ずいぶんと機嫌の悪い声に聞こえる。彼は眠るのが下手で、起きるのも下手だ。

「変な音がするわ。様子を見に行くから放して」

そう告げて腕を解かせ、玲琳は体を起こす。それと同時に、けたたましい音を立てて部屋の扉が吹き飛んだ。

玲琳はぎょっとしてそちらを向いた。暗がりの中に立っているのは一人の女だ。乱れた寝間着姿に振り乱した髪。とても正気とは思えぬその姿は、蠱病に冒された琉伽のものである。

　顔に発生していた蠱毒の痣が、今や手足にまで侵食している。髪を振り乱し、目が血走り、犬歯は牙のごとく伸び、人のそれとは思えぬ鋭い鉤爪を携えている。

「姫様！　琉伽姫様！　どうかお静まりください！」

　琉伽を追いかけて来たらしい女官たちが泣き叫んでいる。

　異質な姿に成り果てた琉伽は、のそりと歩きながら部屋に入り、手近な壁を殴りつけた。轟音とともに壁の一部が崩れる。

「死ね……死ね……死ね……！　殺してやるううう!!」

　しゃがれた声で琉伽はがなり立てた。

　玲琳は冷静にその状況を観察した。

「……私を殺しに来たの？」

　問いかけ、寝台から降りる。

　葉歌と再会し、彼女の話を聞いた。琉伽の蠱病が葉歌の仕業だというなら、目的は玲琳を殺すことに他ならない。

　琉伽の裸足の足がひたひたと床を踏みしめ玲琳に近づいてくる。眠っていた猫鬼たちが毛を逆立ててシャーっと鳴いた。玲琳は軽く手を上げて彼らを制する。

「私の葉歌のせいでそんな風になってしまったのなら、私が責任をとらなくてはいけないわね」

玲琳は――李玲琳という人間は――己と他人を重ね合わせてものを考えるということを普段しない。己の罪は己だけのものであり、他者の罪は他者のものである。

しかし今、玲琳は葉歌の行動に対して己の行いであるかのような感覚を抱いていた。他の誰かに対してこのような感覚を抱いたことはない。葉歌という女は玲琳にとって――まるで己の育てた蟲のような存在だった。

自分の所有物。自分の愛すべきもの。彼女の行為ならば全て自分が責任を負う。そう思えるほど、玲琳は葉歌という生き物を信頼していた。

葉歌は蟲師ではないと本人が言った。それが本当ならば、琉伽を蟲病にした蟲師は他にいるということになる。蟲毒の里の蟲師が造った蟲毒を、後宮へ侵入した葉歌が琉伽に飲ませたのだろう。

「殺す……殺す……殺してやる……」

しゃがれた声で琉伽は言った。若い女のものとはとても思えぬ声。

「蟲に操られているの？　それともただの本心？　お前が私を嫌いなのは知っている。理解はできないけれど」

初めて出会った頃から琉伽は玲琳を嫌っていた。この世の何より悍ましいものを見るような目で見た。おそらくこの世に存在する人間の中で、琉伽という女は玲琳を最も疎んじていた。蟲と毒を愛する異常者――彼女はいつも玲琳をそう罵った。

「死ねえええええええええええええええ!!」

地を這うような声で絶叫し、琉伽は玲琳に飛び掛かった。獣のごとき鋭い鉤爪を玲琳に向かって振り下ろす。

しかしその爪が届く直前、寝台から飛び降りた鍠牙が琉伽の腕をつかみ、床へ引き倒した。鍠牙はぎりぎりと全力で琉伽を締め上げた。しかし――

「姫……斬っていいか？」

彼は顔をしかめて物騒なことを聞いた。

鬼と化した琉伽は、今にも鍠牙の拘束を解いて暴れ出しそうだった。これ以上抑えておけないのだ。

「斬ってはダメ！　お姉様がお困りになるわ」

玲琳はとっさに答えた。琉伽は近々他国へ嫁に行くという。それが死んでは困るだろうし、おそらく彩蘭は鍠牙を許すまい。

「この女を殺したら、お姉様はお前に罰を与えるかもしれない」

「俺がそんなものを恐れると思うか？　あなたがこの娘に殺されるくらいなら、俺は斎の女帝と殴り合うぞ」

必死で琉伽を押さえ込みつつ鍠牙は言った。しかし玲琳はかぶりを振る。

「ダメよ。お前に罰を与えるのは私の役目。その役割は他の誰にも渡さないわ。たとえお姉様が相手でもよ」

途端、鍠牙は不愉快そうに顔を歪めた。

「姫……あなたは卑怯すぎるな」

「ええ、お姉様の妹だからね。分かったらそのままその女を拘束していて」

玲琳は口を閉じ、ガリっと舌先を噛んだ。口内にじんわりと広がる血液の鉄臭さを感じ、床に押さえ込まれた琉伽の顔を上向かせる。

葉歌の言葉を信じるならば、玲琳の血には今、葉歌の血が混ざっている。蠱毒の効かない森羅の血が。

玲琳は琉伽に無理やり唇を重ね、噛みしめられた歯をこじ開け、己の血を口内へ注ぎこんだ。

途端、琉伽は野太い絶叫を上げてのたうち回った。

喉が裂けるほどに叫びつくし、突如糸が切れたようにぐったりと倒れこむ。

「死んだのか？」

鍠牙が琉伽を解放して聞いてくる。

「まさか。こんなことで死なれては困るわ。意識を失っている間は動かないでしょうから、部屋へ連れていって」

玲琳は部屋の外で腰を抜かしている女官たちに声をかけた。彼女たちが恐れているのは暴れた琉伽か、それとも玲琳か……酷く怯えて部屋に入ろうとしない。

「私がお連れします」

そう言って入ってきたのは衛士の乾坤だった。気を失った琉伽を抱き上げ、部屋から運び出す。

腰を抜かしていた女官たちも、よろよろと起き上がって逃げるように離れていった。

ようやく静かになったかと玲琳は息をついたが、部屋の外はまだ騒がしかった。騒いでいる女官たちの声が遠くから聞こえる。琉伽の蛮行に怯えた女官がまだ騒いでいるのだろうかと、玲琳は耳を澄ます。

すると、突然玲琳の部屋に駆け込んできた人物がいた。彩蘭の夫であり、この後宮で暮らすことを許された唯一の男である普稀だった。

「玲琳姫！　大変だ！」

彼は入ってくるなり大声を上げた。

「兄上様、どうなさったの？　暴れていた患者は無事に静まったわよ」

「火事だ！」

玲琳の言葉をろくに聞きもせず、普稀は先を続ける。

「え？　火事？」

「皇帝陛下の書庫から火が出た」

その言葉の意味を瞬時に察し、玲琳は青ざめた。

「まさか――!?」

「ああ、君のお母上の書物が全て燃えた」


火はすぐに消し止められ、後宮に大きな被害が出ることはなかった。

しかし書庫にあるほとんどの書物は消し炭となり、残った書物も火を消すための水で浸され、まともに残っているものはほとんどなかった。当然ながらその書庫に収められていた玲琳の母の書物は一つ残らず燃え尽きており、玲琳は呆然とその灰燼を見つめるしかなかった。急いで駆けつけてきたせいで、蜘蛛と猫鬼たちは部屋に残したままだ。

案内してきた普稀も痛ましげな顔で燃えた書庫を見ている。玲琳の後ろで従者の振りをしている鍠牙だけは、さほど驚きもなく状況を眺めていた。

「……何故火事が?」

火の不始末なのか、あるいは――という意図を込めて玲琳が問いかけると、普稀はその意図を察して表情を険しくした。

「最後に入ったのは僕だが、ここに火種は何もなかった。たぶん、誰かが火をつけたんだろうね」

「何のためかしら？」

半ば答えが分かっていて玲琳は問うた。

「今突然この状況での火事だ。お母上の書物を燃やすのが目的だと考えていいんじゃないかな」

「それはつまり……蠱病を解蠱されることを恐れた者が、手掛かりの書物に火をつけたということね」

「そうだろうね」

普稀は渋面で頷いた。

玲琳はしゃがみこみ、焦げた床に手を触れる。

「蠱術でつけられた火ではないわね。そういう気配がしないわ」

炎に関わる呪いはいくつか存在するが、今この部屋に蠱術の気配は残っていない。

「誰かが自分の手で火をつけたということ。つまり、火をつけた犯人はこの後宮にいたということ」

言いながら、玲琳は逃亡した女官の姿を思い浮かべる。葉歌であれば、ここに侵入して火をつけることは容易い。葉歌の目的が玲琳を殺すことなら、琉伽を解蠱されては困るだろう。その手掛かりとなる胡蝶の書物は邪魔に違いない。

「さっきまでここに葉歌がいたんだわ」

玲琳はつい辺りを見回してしまったが、そこによく知った女官の姿を見つけることはできるはずもないのだった。うつむき、唸りながら考え、一つの結論を出す。

「ねえ……お前、魁まで馬を飛ばして、私の書物をここへ持ってきてくれない？」

後ろに無言のまま立っていた鍠牙にそう頼んだ。が、

「それはできかねます。私の仕事はお妃様をお守りすることですので」

鍠牙は妙に畏まった物言いで玲琳の頼みを突っぱねた。それは想定内のことだったので、玲琳はすぐに諦めた。すると代わりに普稀が鍠牙を諭した。

「この後宮にも玲琳姫を守れる衛士はいるよ。君がそう心配することはないんじゃないかな？」

「いいえ、そちらの手を煩わせるつもりはありません。お妃様の扱いは我々がよく存じておりますので」

鍠牙はにこりと笑みを返す。玲琳から見れば嘘くさいことこの上なかったが、こんな笑みにも不思議と周りは騙される。

「そうかい、忠誠心の厚いことだね」

普稀は苦笑して引き下がった。

「玲琳姫、私は火事のことを陛下に報告しなくちゃならない。いったん書庫を封鎖するから、部屋まで送ろう」

「お気遣いなく。私がおります」

と、鍠牙はまた普稀を拒絶した。

「ははは、玲琳姫はずいぶん従者に慕われていると見える」

普稀はおかしそうに笑い、書庫を出た。玲琳と鍠牙が後に続くと彼は書庫を閉めて後宮の奥へと立ち去る。

周りには火事を聞きつけた野次馬（やじうま）が集まっていた。

「お妃様、お部屋にお送りいたしましょう」

鍠牙はわざとらしく慇懃な礼をする。

しかし玲琳は冷ややかに彼を見やり、自分の部屋とは違う方向へ歩き出した。たちまち人だかりが割れて玲琳の前には道ができる。慄（おのの）く彼女らの間を通り、廊下を歩いてゆく。

「姫、どこへ行く気だ？」

周りに人がいなくなると鍠牙は聞いてきた。

「あら、気味の悪いしゃべり方はやめたのね」

玲琳は立ち止まり、揶揄するようににやと笑った。

「葉歌を捜すわ。きっとまだ近くにいるはずだから」

「何故そう思う？」

「何故ってさっき火をつけたばかりなのだから、まだ近くにいるでしょう？」

この男は馬鹿なのか、あるいはふざけているのかと疑う。

しかし鍠牙は至極真面目な顔をして、玲琳を見下ろしていた。そして突然手を伸ばし、玲琳を粉袋よろしく担ぎあげたのである。

「お前！　急に何なの!?」

その行為は玲琳にとって慣れたものだったが、あまりに何の脈絡もなさすぎて、思わず声を荒らげた。

鍠牙は答えず、元来た道を戻ってゆく。

再び書庫の前に来ると、集っていた野次馬たちがぎょっとして二人を見た。

「放しなさい！」

と、玲琳は怒鳴る。鍠牙はもちろんそれを無視する。その様子を、野次馬たちが呆気に取られて見ている。

「嘘でしょ……あの男、玲琳姫を担いでいたわよ」「信じられない！　なんて恐ろしいことをするのかしら！」「きっと呪い殺されるわよ」

彼女らは蒼白になって鍠牙の行く末を案じている様子だ。

案じられた鍠牙はそれらに一瞥もくれることなく、その場を通り過ぎて玲琳の部屋がある方向へと歩いてゆく。

「お放しったら！　葉歌が逃げてしまうわ！」

玲琳はひときわ大きく怒鳴った。そこで鍠牙は庭に面した廊下の欄干へ足をかけ、突然外へ飛び降りた。その衝撃に玲琳はうぐっと呻く。

鍠牙は構わず庭園を歩き、月光を映す美しい池のほとりで立ち止まった。そして、担いでいた玲琳を池に向かって放り投げた。

抗う間もなく玲琳は水に叩きつけられる。

冷たい水に頭から沈み、重くなった衣がまとわりつく。突然のことに頭が混乱し、息もできずにもがいていると、逞しい腕に摑まれて水面へと引き上げられた。

むせかえりながら顔を上げると、自分を抱えている鍠牙と目が合った。

鍠牙は玲琳を投げた後、自分も池に飛び込んだらしい。深い池で立ち泳ぎしながら玲琳を抱えていた。

「お、お前……蟲の餌にするわよ」

玲琳は怒りに任せて鍠牙を睨みつける。鍠牙は脅されても平然としており、器用に泳いで玲琳を岸へ引き上げた。

「姫、少し頭を冷やせ」

ずぶ濡れの衣を気持ち悪そうに絞りながら鎧牙は言った。玲琳は池のほとりに四つん這いの格好でじろりと鎧牙を見上げる。

「逆に頭が沸騰しそうだわ。だけど、一度だけ言い訳を聞いてあげる」

すると鎧牙は濡れぼそったまま、玲琳の隣にどっかりと胡坐をかいた。

「姫、自覚しているか分からないが、あなたは今冷静じゃない」

「池に叩きこまれて冷静でいられる人間がいるのかしら？」

「人の妹を池に突っ込んだ女の言うことじゃないと思うがな。まあそれはいい。姫、よく考えてみろ。おかしいと思わないか？」

「何が？　お前の頭が？」

玲琳は未だ怒りが収まらず挑発したが、鎧牙はその挑発を軽く受け流す。

「何故葉歌が斎へ帰って来たと思うんだ？」

「私を殺すためでしょう？」

「姫、冷静になれ。だとしたら、何故魁で行動を起こさなかった？　蠱毒の民は斎皇家を敵に回さないと決めたんだろう？　あなたを殺したと李彩蘭に知られたくはないはずだろう？　だとしたら、事故か何かに見せかけるべきだ。わざわざ出奔して、他国の後宮に忍び込んで、そこの皇女に蠱毒を飲ませて病気にして、あなたを殺させる？　こんな手の込んだことをする必要がどこにある？」

問われて玲琳はぽかんとした。彼の言うことは理解できたが、それを咀嚼するのに少し時間がかかった。

「それは……だって……蟲に守られた蟲師を殺すために……」

「だが葉歌は蠱毒が効かない体質で、蠱師を殺すことができるんだろう？　だとしたら、蠱毒を用いてあなたを殺そうとしているということが前提からおかしいだろ」

玲琳は愕然とした。言われてみればその通りだ。おかしなことだらけだ。色々なことが矛盾している。

「どうして私はこんな当たり前のことに気が付かなかったのかしら……」

玲琳はぐっしょり濡れたまま地面にぺたりと座り込む。

「それだけあなたが冷静じゃないということだろう」

「そうね、そうだわ。どう考えてもおかしいもの。葉歌の言動は矛盾している。葉歌は私に嘘を吐いているわ。いったい何のために？」

玲琳は最後に会話した葉歌のことを思い返す。

嘘を吐くのは普通、何かを隠すためだ。そして普通、隠されているのはその嘘よりも大きく重大な真実だ。

「葉歌は何を隠しているの――？」

「……姫、俺はあなたよりずっと冷静だ。何故なら俺は、葉歌が生きても死んでも戻っても戻らなくても、どうでもいいと思っているからだ。だから今、あなたよりずっと冷静に事態を見ている」

鍠牙は淡々と言った。

「なあ、姫……あなたは葉歌をこの事件の主軸に置いてものを考えている。そもそもそれは正しいのか？」

傍らに座り込む玲琳にぐっと顔を近づけて、問い質す。

「何か事件が起こり、夕蓮という女が姿を消したとする。誰もが夕蓮を犯人だと考える。だが、それが真実ではない場合もある」

彼が何を言わんとするのかはすぐに分かった。冬に起きた事件のことを言っているのだ。

「あなたは葉歌が犯人だと思い込んで、他の可能性を完全に無視していないか？」

脅すかのように、鍠牙は真っ直ぐ玲琳の目を見た。

「姫、葉歌は本当にこの事件の犯人か？」

玲琳は答えられなかった。頭も体も凍り付いて、まともに反応できない。

言葉を失い座り込んでいると夜風が吹いた。二人は同時に身震いする。

濡れた衣が密着し、冷たい上に気持ちが悪い。

「鍠牙……私はまだ冷静ではない？」

「ああ。どう見ても冷静じゃないな」

断言されても、自分では理解できない。ずっと自分は冷静で、この状況を俯瞰で見ていると思っていたのに……。

「……だって葉歌がいないのだもの」

玲琳は俯き、ぽつりと零す。握った拳が震えているのは、濡れた衣が冷たいからではない。玲琳の口は止まらず言葉を紡いだ。

「蟲たちが……私の言うことを聞かないのだもの……それなのに！」

ギッときつく鍠牙をねめつける。

「それなのに、お前が来るのが遅いから!!」

玲琳は叫んだ。

「はあ？」

鍠牙は水底に沈むような低い声を出す。

「俺に毒を飲ませて眠らせたのはどこの誰だ？」

「お前は私がいなければ生きられないのだから、目が覚めたらすぐ私を追いかけてくるべきだった！　それなのにいつまでも来ないから悪い！　全部お前が悪い！　お前は死ぬまで私の傍にいなさい！」

玲琳は無茶苦茶なことを喚きたてる。形が定まらず暴れている感情が、不意に目頭から溢れてきた。

「う……うわあああああああん!! 私の蟲を返してよおおお!!」

子供のように泣き出した玲琳を目の前にして、鍠牙はぎょっと身を引いた。

「ひ、姫!?」

「うわああああああん! うわあああああああん!」

玲琳は鼻水を垂らし喉が痛くなるほど泣きじゃくる。

鍠牙はどうしていいのか分からないというように、呆然と玲琳を眺めていた。

玲琳は幼い頃から冷静な子供だった。

姉たちに罵倒されても殴られても蹴られても、母の蟲に喰われかけて怪我をした時でも、取り乱すということがほぼなかった。大概のことは面白がって飲み込むか、関心が湧かずに無視をした。

父や母が死んだ時も、姉に突然嫁げと言われた時も、取り乱しはしなかった。たいていの事象は、己が想像できる範疇(はんちゅう)にあると知っていたからだ。

言い方を変えれば李玲琳は、甘えない子供だったのだ。

自分の内側を相手にぶつけて、それでも相手が受け入れてくれるはずだと妄信することを甘えているると定義するなら、玲琳は甘えるということをしない子供だった。

それゆえであろうか……玲琳はごく稀に、酷い癇癪を起こすことがあった。

玲琳はげんなりした顔の鍠牙に抱きかかえられて部屋に戻った。彼の首に抱きつき、まだぐずぐずと泣いていた。

「お妃様！　いったい何をなさったんですの!?」

「まさか陛下を池に突き落としたのでは!?」

びしょ濡れの二人が部屋に戻ると、琉伽が壊した壁の前でぶるぶる震えていた双子の女官が唖然として喚いた。

実のところ池に落とされた被害者は玲琳の方だが、それを説明したところで玲琳が鍠牙より信用されることはなかろう。どちらにしても今の玲琳にとってはどうでもいいことだった。

双子は慌てて拭くものと着替えを持ってきた。鍠牙はそれを受け取り、二人を下がらせる。玲琳は濡れたままずっと鍠牙にしがみついている。

「姫、着替えよう。少し離れてくれ」

「嫌！」

玲琳は怒鳴った。そしてまたぐずぐずと泣いている。

「姫……」

鍠牙は弱り切ったように玲琳を抱えたまま座り込んだ。

「ううう……気持ち悪い」

玲琳は体に張り付く布の気持ち悪さに耐えかね、泣きながらぼやく。

「だから着替えようと言ってるだろ」

「ダメ!!」

またしても怒鳴る玲琳に、鍠牙は呆れたようなため息をついた。彼は仕方なくそのままじっと耐えるが、濡れた衣は二人の体温をどんどん奪い、玲琳はぶるぶる震え始めた。

「姫、いいかげんにしろ」

鍠牙は少し怒った口調で言い、玲琳を抱えたまま立ち上がった。

部屋の奥へずかずかと歩いて玲琳を運び、寝台に向かって放り投げる。寝具の上に投げ出された玲琳はまた癇癪を起こした。

「勝手に離れていいなんて……!」

最後まで言わせず、鍠牙は玲琳の口を手でふさいだ。玲琳は寝台に仰向けで押さえつけられる。彼は険しい顔で玲琳を押さえつけたまま、濡れた玲琳の着物を器用に剝ぎ取り始める。蜜柑のように剝かれながら、玲琳は鍠牙に向かってじたばたと手を伸ばした。

「暴れるな！」

「うるさいうるさい！　私の蟲を返せ！」

口を押さえる鍠牙の手をがぶりと嚙んで緩めさせ、玲琳は怒鳴った。

「それは俺と関係ないだろ！」

「うるさい！　お前が悪い！　勝手に離れるなあああ！」

玲琳は怒鳴りながら手で宙を掻き、えぐえぐと泣く。

「いいから少しじっとしてろ！」

鍠牙は苛立ちと焦りを込めて怒鳴り返し、手早く玲琳の着ているものを脱がせると、白く細い肢体を布団でぐるぐる巻きにした。

それをやり終えようやく息をつき、寝台に座って玲琳を後ろから抱きしめる。ぐるぐる巻きにされた玲琳はそれで落ち着き、居心地のいい姿勢を探してもぞもぞ動く。どことなく芋虫めいていた。芋虫の格好でぐすんぐすんと泣き続ける。

どれほど時間が経ったのか――背後で鍠牙がくしゃみをしたのを聞き、玲琳は大きく洟をすすって振り返った。

鍠牙はまだ着替えていなかった。

「……お前が風邪を引くわよ」

「そうなったら全部あなたのせいだな」

鍠牙は皮肉っぽく返してきた。

「私のせいじゃない。お前が悪い。全部お前が悪い」

玲琳は鼻をずびずびやりながら言い返す。

鍠牙はひときわ大きなため息をつき、双子に渡された手ぬぐいで玲琳の頭を拭き始めた。雑な手つきで拭かれ、髪がぐしゃぐしゃになる。

いつも通り手荒く扱われていると、次第に頭の中が冷静さを取り戻してきた。

鍠牙の吐息が首筋にかかる。彼がそこにいるのだと分かる。

さっきまで、自分は何の話をしていただろうかと思い返した。

そうだ……葉歌は本当にこの事件の犯人かと鍠牙が聞いたのだ。

「葉歌は犯人じゃないとお前は思うの？」

唐突に聞かれ、鍠牙は面食らったように押し黙る。玲琳は構わず続ける。

「だけど、蠱毒の民が関わっているのは間違いないのよ。あれは確かに蠱毒の民が使う術なの。お母様の文献にものっていた、蠱毒の民に伝わる術。蠱毒の民でなければ使えない術。だとしたら、蠱毒の民が私を殺そうとしているのは確かでしょう？　お姉様を敵に回してでも私を殺さなくてはならない理由ができたということ……？」

鍠牙は呆れたようにしばし黙っていたが、ふっと息を吐いて答えた。

「突然冷静になられたらこっちが混乱するだろうがと言いたいが……言うだけ無駄だ

ろうから質問に答えよう。本当に命を狙われているのはあなたじゃないんじゃないか？」

事態を大前提から覆すような鍠牙の発言に、玲琳はぽかんとする。

「俺があなたを殺すなら、普通に首を絞めるか刃物で刺す。蠱師相手に蠱毒で対抗しようとは思わんな」

言われてみればたしかにその通りだ。

玲琳は考え込んだ。自分が狙われたのではないとしたら？　この蠱術は誰を狙ったものだというのだ？

蠱毒の民はいったい、何をしようとしている……？

その時カサカサと音がして、毒蜘蛛が玲琳の肩に登ってきた。

玲琳は布団から手を出してその蜘蛛を撫でる。たった一体、玲琳のもとに残ってくれた蠱。今この世で唯一自分と繋がっている存在。

久しく感じていなかった蠱との一体感を久しぶりに覚えた。

その繋がりを意識するように感覚を研ぎ澄ます。自分の境目がどろりと曖昧になり、自分が人なのか蜘蛛なのか分からなくなる。感覚はどんどん溶けてゆき、風に混ざり、土に混ざり、人に混ざり、闇に混ざり……あらゆるものと混ざり合って玲琳は混沌の世界そのものになった。

そんな感覚の中、鈍く光ってぽっかりと浮かび上がる記憶があった。

それを捕まえた瞬間、玲琳は元の部屋に戻っていた。

「……私がこの蠱術を使った犯人なら、蠱毒を盛る相手は選ぶわ。これは蠱毒を盛った相手を鬼にして使役する……ある意味、人を蟲に見立てて操る術と言ってもいい。その鬼に本当の標的を殺させるのだから、私ならば鬼にする相手は選ぶわ」

「筋は通っているな」

鍠牙は玲琳を背後から抱(かか)えたまま同意する。

「だとしたら、あの女は選ばれて鬼にされた。鬼にして使いつぶすのなら、きっと犯人にとってあの女は価値のない存在か、あるいは憎い相手なのじゃないかしら？　少なくとも、大切にしたい相手ではない」

説明しながら、玲琳は自分の考えをまとめてゆく。一つだけ、ずっと気になっていることがある。

「私はあの女が誰に愛されて誰に憎まれているのか知らないし、興味がない。だけど、一つだけずっと気になっていることがあるわ。あの女の乗っていた馬が、数か月前お姉様に怪我をさせている。それが気になっているの」

「それは重要な問題か？」

「あの馬は、私が知っている中でも特に賢い馬だった。持ち主にふさわしくないほど賢い馬。それがお姉様を怪我させるなんて不自然よ」

琉伽には不相応な馬だと、玲琳はずっと思っていた。

「もしかして、あれも犯人が仕組んだことだった？　だとしたら、狙われているのはお姉様？」

「斎の女帝を狙う？　どうかしているな」

鍠牙はひきつった笑みを浮かべた。彩蘭と殴り合うと宣言した男の言うことではなかろう。

「犯人もお前に言われたくはないでしょうね」

玲琳は冷ややかに返す。

「このことを、お姉様に直接お話しするわ。お姉様が狙われているなら、ご自分の身を守っていただかなくては」

玲琳は布団を剝いで鍠牙の腕から飛び出すと、急いで乾いた服を着込んだ。

彩蘭の部屋へ押し掛けると、衛士の乾坤が険しい顔で迎えた。

女官たちも、深夜に突如押し掛けてきた玲琳を快く思わず追い返そうとしたが、彩蘭だけは優しく迎え入れてくれた。

彼女が玲琳の訪れを拒んだことはない。彼女は玲琳の、一見常識を逸脱した行動にも意味があることを知っている。

「今日は頼もしい従者が一緒なのですねえ」

彩蘭は含み笑いで玲琳の背後を見る。鍠牙がそこに直立で控えている。

玲琳は長椅子に座る姉の足下に跪いた。玲琳は昔からこの体勢を好んだ。姉の膝にすぐ縋れるからだ。

「玲琳……泣いたのですか？」

彩蘭は、玲琳の腫れた目元に気づいてそっと手を添えてきた。

「お姉様、私は葉歌に会ってきたわ」

問いには答えず、玲琳は彩蘭の手に自分の手を重ねて言った。

「ええ、それはもう聞きましたよ」

「お姉様は最初からご存じだったのよね？」

玲琳は注意深く聞く。問いというより確認であった。

「葉歌がどこで生まれ育ったか、お姉様はずっとご存じだったのよね？」

「ええ、知っていましたよ。最初から」

そうだ、彩蘭は全て知っていて葉歌を玲琳に与えたのだ。それはどんな感情を葉歌にもたらしたのだろうか？　そんなことを考えながら、玲琳は言うべき言葉を整理した。

「私は——この事件の犯人を葉歌だと思っていたの。葉歌が私を殺そうとしていると思っていたのよ。だけど、違うのかもしれないわ」

「違うのですか？」

「お姉様、犯人はお姉様の命を狙っているのかもしれない」

「わたくしの命を？」

彩蘭は美しい形のまなこでゆっくりとまばたきした。信じられないと言うようでもあったし、驚くには値しないと言うようでもあった。

「ちゃんと自分の身を守ってちょうだい、お姉様。間違っても犯人の毒牙が届かないように」

玲琳は厳しい顔で彩蘭の手を強く握る。

「大丈夫ですよ」

彩蘭はなだめるように微笑み、玲琳の手を握り返す。

「わたくしには優秀な護衛がいます。彼ならどんな敵からもわたくしを守ってくれますよ。かつて葉歌がわたくしを狙ってきた時にも、彼が捕らえたのですから」

「それゆえ皇帝陛下は、あの男が後宮に入ることを許しているのですか？」

黙っていた鍠牙が突如発言した。本来ならありえぬ無礼であったが、彩蘭は微笑み一つでそれを許した。

「あの男？」

「あの衛士です」

鍠牙は背後に目を向ける。そこに乾坤が控えている。

「今の話はあの衛士のことでは？　男子禁制の後宮に夫君以外の男性が仕えているのは、その強さに価値を見出したためかと」

「……え？　斎の後宮に男性の従者はいませんよ」

彩蘭はきょとんとした。

「お前、何を言っているの？　ここは男子禁制よ」

玲琳も怪訝な顔になる。

「？　……あなたたちこそ何を言ってるんだ？　そこに男がいるだろう？」

鍠牙は訳が分からないという顔で、背後の乾坤を指した。指された乾坤はほんの少し驚いたように目を見開いた。

「鍠牙、兄上様以外の男がいるはずないでしょう。あれは……乾坤は……え？　乾坤は男……だわ。どうして男が後宮にいるの？」

玲琳は呆気に取られて乾坤を見つめた。

乾坤は男だ。そんなことは分かっている。

斎の後宮は男子禁制だ。そんなことは分かっている。

ならば何故、自分は乾坤がここにいることを平然と受け入れているのだ？

この異常なまでの違和感に、玲琳は突如吐き気がした。おかしいと思った瞬間は確かにあったのに、今の今までこの違和感を認知することができなかった。

その場の全員の視線を受け、乾坤は深々とため息をつく。

「この蠱術は――ごく稀に効かない人間がいる。例えば強力な蠱毒に長年冒された経験のある人間とか。あんたはそういう人間か？　楊鍠牙」

冷静に問いかける声は、今までの礼儀正しさを含んでいない。

「蠱師であるあんたにも効いていたのにな」

乾坤はじろりと玲琳を見た。

蠱術や蠱師という言葉に玲琳の耳が反応する。乾坤という名のその意味を思い出す。

「乾坤……天地の全て――という意味だわ。森羅とよく似た意味ね」

突然のことに酷く頭が混乱しながら、玲琳は探るように聞いた。

玲琳を見据えてしばし黙考し、乾坤は淡々と答えた。

「乾坤は森羅の予備品だ。最も強い者が森羅、二番目が乾坤。それが俺たちの符丁だ」

その答えに愕然とする。そうだ……彼は確かにおかしかった。鬼と化した琉伽に噛まれて、平然と生きていた。玲琳の毒蜘蛛も、彼を攻撃することはなかった。

「お前も蠱毒の民だったの？　これは蠱術？」

今の今まで自分の目をくらませていたものの正体を求めて玲琳は聞いた。

「里長がかけた目くらましの蠱術だ。里長は蠱毒の里で最も優れた蠱師。あんたは蠱術にかかっていたことを恥じる必要はない」

彼の言葉はどこまでも淡々としていて、気味が悪いほどだった。

皇女を蠱病にした犯人が、その正体を見破られて何故こんなにも落ち着いていられるのだろうか？

今すぐ捕らえられて処刑されてもおかしくないというのに。

「……蠱毒の里というのは恐ろしいところね。で、お前たちは何が望み？　皇女に幽鬼の術をかけたのはお前たち？　お姉様の命を狙っているの？」

問うた玲琳を無視して、乾坤は前に出た。彼は真っ直ぐに彩蘭を見ている。

「李彩蘭、俺が何故あんたに仕えていたか分かるか？」

聞かれた彩蘭は僅かに眉を顰め、記憶をたどるように自分の頭を押さえた。

「……不思議ですね。あなたがいつからわたくしに仕えていたのか、思い出せません。これも蠱術なのですか？」

「俺がこの後宮へ来たのは、あんたが落馬して怪我した後だ」

「そうでしたか……それで、何故わたくしに仕えていたのですか？　わたくしを暗殺するためですか？」

乾坤の眼差しが険を帯びる。空気が張り詰める。

「李彩蘭、かつて俺たちが裏切り者を引き渡せと要求した時、突っぱねたのは当時皇女の一人だったあんただ。あんたは胡蝶を囲い込んで利用した。その娘である李玲琳のことも利用した。それを止めようとした先代の森羅を殺した。当代の森羅を拘束して利用した。俺たちにはあんたを憎む理由がある」

そこで乾坤は一旦間を空けた。ゆっくりと口を開いて続ける。

「それを踏まえて言わせてもらう。李彩蘭、俺があんたに仕えていたのは――あんたを鬼から守るためだ」

その言葉に、その場の全員が驚いた。

「わたくしを守る？　殺すのではなく？」

「蠱毒の民は、この都で使われる全ての蠱術を監視している。蠱術は秘術であるべきもの。公に使われてはならない。国事に利用されてはならない。そのために俺たちはこの都の蠱術を監視している。だからあんたが落馬して怪我をした直後、この後宮で幽鬼の術が使われたことはすぐに分かった」

乾坤はそこでことさら険しい顔をした。

「これはあってはならないことだ。俺たちは斎皇家と敵対することなど望んでいないんだからな。それなのに、この後宮で蠱毒の里に伝わる蠱術が使われた。俺がここへ忍んできたのは、この蠱術であんたを殺させないためだ」

「……それなら、何故最初からそう言ってくれなかったのですか？」

「言ったらあんたは信じたか？」

乾坤はきつく拳を握り締めた。彩蘭に向けられる険しい眼差しには、怒りと憎悪の感情が宿っている。

「斎皇家の恐ろしさを俺たちは誰より知ってる。ここは蠱師を超える鬼の巣窟だ」

「わたくしを恨んでいるのに……それなのにわたくしを守ると？」

「ああ、そうだ。俺たちが敵ではないことを示すためにあんたを守る。そのために森羅を斎へ呼び戻した」

玲琳は瞠目する。葉歌が斎へ戻ってきたのは、彼の命令によるものだったのか。

「あなたたちはわたくしを誰から守ろうとしているのですか？　この事件の犯人はいったい誰なのです？」

「……里長は里の蠱師を全員調べたが、斎の皇女を蠱病にした蠱師などいなかった。俺たちの中に犯人はいない」

「確かに……易々とは信じられない言葉ですね」

彩蘭の気配が不穏なものに変わる。彼女の言う通り、にわかには信じがたい話だ。間違いなく蠱毒の里に伝わる術が使われているというのに、里の中には犯人がいないなど……矛盾しているではないか。ありえない話だ。

玲琳は乾坤を凝視する。

葉歌が何かを隠していたように、この男も何かを隠しているのだとしたら？

本当は犯人を知っているのだとしたら？

ならば何故隠す？

「だが、全て本当のことだ。蠱毒の里はあんたに敵対してない！」

乾坤は強い口調で断言する。

「ですが、火事を起こしたのはあなたでは？」

「あの文献は俺たち蠱毒の民の秘術だ。あんたたちから奪い返して何が悪い！　あれはあんたたちが持ってたところで役に立つものじゃないんだ！」

乾坤の声はどんどん熱を帯びた。

そんな彼を凝視し、玲琳は乾坤の言葉を何度も頭の中で繰り返していた。

この事件を起こしたのは蠱毒の里の蠱師じゃない……それが正しいのなら。

だが間違いなく蠱毒の里に伝わる蠱術が使われた……それも正しいのなら。

その言葉が頭の中に染み、閃くように気がついた。

一人だけ存在するではないか。蠱毒の里の蠱師でありながら、蠱毒の里の蠱師ではない者。玲琳にすら解蠱できない蠱術を使える者。そういう蠱師がこの後宮には一人だけいたではないか。

玲琳は無言で部屋を飛び出していた。

「姫!?」

鍠牙の声が追ってきたが、玲琳はそれを振り切って廊下を走った。

全力で駆け抜け、後宮の片隅にある一室へ駆け込む。

暗く狭いその部屋に、今住んでいる人間はいない。

「お母様……幽鬼の術を使ったのはあなたなのですか?」

玲琳は無人の部屋に向かって問いかけた。

次の瞬間、目の前の景色がぐにゃりと歪んだ。玲琳は体を傾がせ、床に膝をつき、耐えきれずに倒れた。景色が回り、次第に霞(かす)んで消えていった。

第四章

『玲琳、私はもうすぐ死ぬ』

暗く狭い部屋の中で母は言った。

雨がざあざあと降っている。

玲琳は何を言われたのか理解できず——いや、理解することを拒んで黙っていた。

『私の体は脆弱だ。もう長くは生きられない』

母は容赦なく続けた。

『玲琳、お前は私が産んだ最高の呪物だ。だが、お前が成長するのを私はこれ以上見てやれない。だから、私が死んだ後もお前が蠱師として成長できるよう、必要なものを残していこうと思う』

『嫌です』

『玲琳？』

『お母様が死ぬのは嫌です。体が弱いのならば私が治療します。私は蠱師です』

母はきょとんとし、にやりと笑った。

『ああ、お前はこの世の誰も敵わない、最恐の蠱師になりなさい』

そして玲琳の鼻先に指を突きつける。

『蠱毒の里の蠱師は一人前になるため、最初に身内を殺さねばならない。それが一人前の蠱師になる儀式だ。殺す相手はたいてい父か兄か弟。だからお前も蠱師になるため、身内を殺さねばならない』

『……誰を殺せばいいのですか？』

『お前の前に、いずれ皇帝の死を望む者が現れるだろう。この国で最も皇位にふさわしい人物は、その若さと性別ゆえに皇位を得ることが困難だ。その人物がいずれお前の毒を求めてやってくる。お前が本当に蠱師となることを望むなら、お前は父である皇帝を殺しなさい』

『……それで私はお母様を超えられますか？』

『ははっ……！　その程度で私を超えられるものか。お前が私を超えるのはもっと先のことになるだろうな。だが、私がそれを見ることはない。だから代わりに蠱術を置いてゆこう』

『何の蠱術を？』

『私はお前を強くするためならどんな犠牲もいとわない。例えば何の罪もない皇女に蠱術をかけることでもだ。いつかお前に立ちはだかるだろうその術を、お前がその手で破ってみせろ。そうすればお前は私を超える蠱師になる』

『……お母様』

『何だ？』

『お母様は本当に死ぬのですね』

『ああ』

『……分かりました。私はお母様を超える蠱師になります』

玲琳は背筋を正して宣言した。

母は満足げに笑い、玲琳の額に人差し指を当てた。

『よく言った、玲琳。今の話は全て蠱毒の里の秘事。この雨の日のことは、時が来るまで忘れていなさい』

母の指から何かが玲琳の中に入ってきた。玲琳はとろんとまぶたが重くなり、そのまま眠りについてしまった。

目が覚めると、そこにはよく知った男の顔があった。

「姫！　起きたか」

険しい顔で見下ろしているのは鍠牙だった。

「く……くく……あはははははははははははは!!」

仰向けに寝転んだまま、玲琳は哄笑した。

「死んでなお、このようなことをなさるのですか……お母様……」

にたりと笑って呟く。

「姫……?」

玲琳の正気を案じたか、鍠牙が恐る恐る声をかけてくる。

玲琳はゆっくりと起き上がった。

「蠱師の正体が分かったわ」

爛々と燃える瞳で告げる。

「幽鬼の術を使った蠱師の名は、胡蝶。私のお母様よ」

瞬間、鍠牙の表情が凍り付いた。

母親という単語はしばしば鍠牙の精神にひびを入れる。

「お前も私も、とんでもない母親を持ったものね」

夕蓮という化け物に人生を狂わされた楊鍠牙。

胡蝶という鬼に人生を定められた李玲琳。

自分たちはなんと似た道を歩んできたのかと感心し、しかし決定的に違っているのだなと実感する。

「私はそんなお母様の娘に生まれたことを、心から誇らしく思うわ」

己の胸を押さえ、目を閉じ、本心から呟いた。玲琳という蠱師一人を磨き上げるために、ここまでのことをやってのけた胡蝶。彼女ほどの蠱師にそこまでのことをしてもらえる価値が自分にはあるのだ。

それがまともな感覚であるかどうかは知らない。人はそれを悍ましい母親の呪縛と蔑むのかもしれない。それがどうしたとこの世を嘲笑(あざわら)う程度の覚悟はある。

ゆっくり目を開くと、鍠牙の厳しい顔があった。

「姫、あなたの母親がどんな女かは知らないが、こんな事件を起こす女はまともじゃない」

「ええ、まともなはずはないわ。私のお母様は鬼のような蠱師だったからね」

満足そうな笑みを浮かべる玲琳に、鍠牙の表情は益々(ますます)険しくなる。

「それで、その鬼がかけた蠱術を、あなたは解蠱できるのか？」

「それは——」

言いかけたところで、突如凄(すさ)まじい轟音が響き渡った。それに続いて、獣のような咆哮が。

「この声はまさか……琉伽姫か？」

鍠牙が立ち上がって部屋の外を覗く。遠くから、悲鳴と轟音と咆哮が聞こえ続けている。

「行きましょう。あれを止めなくては」

玲琳は母と対決する覚悟を決めてそう言い部屋を飛び出した。が、すぐに腕を掴まれて引き止められる。

「鍠牙？」

玲琳はじろりと振り返り、己の腕を掴んでいる夫を睨んだ。

「あなたを一人で走らせるとろくなことがない」

彼は言うなり玲琳を担ぎ上げた。いつもの粉袋的担ぎ方である。

「お前！　どこへ連れてゆく気!?　あそこで暴れている鬼を……」

「分かっている。無力で哀れな俺にあなたを止めるなんて芸当ができるものか。だからせめて俺の目の届くところで暴れてもらうぞ」

彼は玲琳を担いだまま走り出した。酷く揺られて玲琳は何度も呻く。玲琳を担いでいても、彼の足は玲琳より速かった。

「私の部屋へ先に寄って！」

途中玲琳は、自分の部屋の近くで鍠牙を引き止めた。

部屋へ飛び込み、そこに用意していた作りかけの解蟲薬を全て飲み干す。

再び鍠牙に担がれて後宮を駆け抜け、轟音の発生源へとたどり着いた。

そこは歴代皇帝の配偶者が住まう一角。今は普稀の個室がある付近だった。

「があああああああああ!!」

響き渡る獣の咆哮。見ると、広い廊下の先に髪を振り乱しどす黒いものを全身から立ち上らせた女がいる。鬼と化した琉伽の姿だった。

「殺す……殺す……殺す……死ねえええええ!!」

しゃがれた怒号を発し、毒を振りまきながら琉伽が襲い掛かる先には、普稀の姿がある。普稀はいくつもの切り傷を作りながら、振り下ろされた琉伽の爪を剣で受けた。幾合もの斬撃を普稀は全て受け止め、しかし反撃することはしない。琉伽は彩蘭にとって必要な姫だ。彼は彩蘭の不利益になることを決してしない。

周りには悲鳴を上げながら逃げまどう女官たちの姿がある。

普稀は彼女たちを見て危険だと判断したのか、琉伽に背を向けて逃げ出した。窓から庭園へと降り立ち、駆けてゆく。琉伽は女官たちに見向きもせず、普稀だけを見据えてその後を追った。

「追いかけて!」

玲琳は鍠牙の背を叩いた。

「俺は馬じゃないんだがな」

鍠牙はぼやいてまた駆けだす。

普稀は庭園を走り抜け、後宮内で最も高い楼閣へと駆け込んだ。確かにそこならば他の人間は誰もいない。琉伽は迷うことなく普稀の後を追う。

担がれながらその様を見ていて、玲琳は訝った。琉伽はすれ違う他の誰も目に入らぬ様子だ。普稀こそが自分の標的だと定めているかのようだった。

玲琳を担いだ鍠牙が楼閣へ駆け込み階段を上がってゆくと、最上階で琉伽が普稀を襲っていた。零れだす黒い毒と鋭い爪。その攻撃を普稀はかろうじて防いでいる。

「……あの男は強いな」

玲琳を抱えたまま鍠牙が呟いた。

「ええ、兄上様は……」

「あれはわたくしが選んだ男ですからね」

玲琳の代わりに答えたのは彩蘭だった。彼女は怪我の治りきらない足を引きずって階段を上がってくる。彼女も琉伽と普稀を追いかけてきたらしい。

「かつて森羅とやらを始末したのも、葉歌を捕らえたのも、全て彼です。普稀は斎帝国で最も強い武人でしたので、わたくしの夫にしました」

そこで琉伽が楼閣の壁を破壊した。人間とは思えぬ凄まじい威力である。

「李彩蘭！　あの鬼を殺す許可をくれ！」

鋭い声を発したのは、階下から上がってきた乾坤だった。

「あれはもうあんたたちの手に負えない。殺せるのは蠱毒の効かない俺と森羅だけだ。あんたの妹を殺す許可を！」

「……認められませんね。犯人の蠱師を捕らえて始末するために、あなたはここへ来たのではないのですか？」

「それは無理だわ、お姉様。この蠱術を造った術者は殺せない。もう死んでいるから」

鍠牙に担がれたまま玲琳が口を挟むと、彩蘭と乾坤が同時にこちらを向いた。乾坤の顔色が変わっている。やはり彼には分かっていたのだ。

「お姉様、蠱師の正体は私のお母様よ」

粛々と告げる玲琳の言葉を聞き、乾坤はきつく歯噛みした。一方彩蘭は目を大きく見開いて驚愕(きょうがく)を示した。

「そうでしょう？　お母様が犯人だと、お前は気づいていたわね？」

玲琳は乾坤を追い詰めるように確認する。

乾坤は口を閉ざしたまま答えないが、答えないことがすでに答えであった。

思えばこの男が葉歌の居所を伝えてきたのも、玲琳をこの場から追いやるためだったのかもしれない。あるいは葉歌に玲琳を始末させるためだったのか……母の知識を持っている玲琳は、彼にとって邪魔者だったのだ。

「そこまでして何故、お母様が犯人であることを隠そうとしたの？　お姉様が恐ろしかった？　裏切り者の蠱師であっても、お母様は蠱毒の里の蠱師。それが犯人だと知られれば、お姉様が蠱毒の民を危険視するかもしれないものね」

彩蘭を恐れる彼らならば、そういう判断を下すことはありうるだろう。しかし乾坤は苦渋の表情で振り絞るように言った。

「……あんたは知らないだろう、里長が胡蝶をどれほど憎み……愛しているか。死んだ後も娘の術が使われていると知れば、長は斎の宮廷を呪う。そのせいで斎の女帝の怒りをかい、一族が滅んだとしてもだ」

「そう……やはりお前は、お姉様を敵に回したくないのね」

玲琳はようやく納得し、しばし思案した末に姉へと向き直った。

「お姉様、お母様はこの世で最も強い蠱師よ。犯人が分かったところで、そう易々と解蠱はできない」

「……つまり琉伽を死なせるしかないということですか？」

黙考した彩蘭が、深刻な顔で聞いてくる。

「そうなればお姉様はお困りでしょう？」

「ええ、困ります」

「ならば助けるわ」

「できるのですか？　玲琳。どうか琉伽を助けてください。琉伽の命を最優先に」

「兄上様のことは？」

「普稀のことは助けなくてかまいません」

彩蘭は即答する。

「彼には家族がいませんし、何の後ろ盾もありません。元々ただの一兵卒ですからね。死んだところで困ることはありません。普稀を守るくらいなら自分を守りなさい。あなたの方がずっと大切ですよ」

最後に彩蘭は優しく微笑んだ。玲琳はぞくりと背筋を震わせる。

李彩蘭が何故普稀を夫にしたのか、玲琳は知っている。

普稀に強さ以外の価値がないからだ。

斎の皇帝の配偶者はしばしば命を狙われる。故に、彩蘭は殺されては困る者を夫にしなかった。仮に死んでも困ることがなく、国事に何も影響せず、人質に取られたりしても見捨てることができる無価値な男。そして、いざとなれば自分の身を自分で守ることができる男。何があろうと彩蘭の弱みにはならない男。それがかつて皇帝の護衛官であり、斎帝国一の武人と呼ばれた普稀だ。

そんな男を、何故琉伽は殺そうとしているのか——

玲琳はふと、琉伽に想い人がいたという噂を思い出した。

「鍠牙、下ろして」

玲琳の声に真剣な響きがこもるのを感じたか、鍠牙はその要請に応えて玲琳を下ろした。

今の玲琳に蠱は使えない。玲琳の体に潜む蠱は玲琳の血に全く反応していない。

蠱の天敵である森羅の血を飲んだからだという。

だが、それがどうした？　この皮膚の内に流れている血を、葉歌の血ごときで抑え込めるというのか？

玲琳は己の胸を押さえた。心の臓を摑みだそうとでも言うように力を込める。

「応えろ……応えろ……応えろ……応えろ……」

この中にいるはずの蠱に、全く反応しない蠱に、深く呼びかける。

「この血は胡蝶の血。天地(あめつち)の中で最も強い蠱師の血よ。思い出しなさい、あなたたちの主の血を……」

鼓動が速まる。血の流れが異様に速くなっていると分かる。

ふと、自分の中にある異物を感じた。邪魔だと思った。出ていけと思った。玲琳は体を折ってえずいた。さっき飲んだ解蠱薬とは異なる、真っ赤なものを床に吐き出す。

何が起きたのか一瞬分からず眩暈(めまい)がする。次の瞬間——ざわざわと衣の袖や襟元から、蟲たちがのぞいた。

「……お寝坊さんね、あなたたちを生んだのが誰か、やっと思い出したの？」

玲琳は泣きそうに顔を歪め、しかし笑った。

「鍠牙、あの女を捕まえて、動けなくしてちょうだい」

軽く指差し、あの花を摘んできてとでもいうような軽やかさで乞う。

「玲琳、いけませんよ。この方に万が一のことがあっては取り返しがつきません」

ぎょっとした彩蘭が厳しい顔で否を唱えた。

「できない？」

玲琳は小首をかしげて鍠牙に確認した。

「……あなたの卑怯さには心底感心するな」

鍠牙は苦笑し、剣に手をかける。と、一足飛びに琉伽へ斬りかかった。

背後からやってきた突然の攻撃に、琉伽は腕を振って応えた。鍠牙の攻撃を受け止め、牙を剝く。しかし鍠牙はすぐに剣を捨て、背後に回って琉伽を引き倒し、羽交い絞めにした。

割って入った闖入者（ちんにゅうしゃ）に驚いていた普稀が、すぐに察して琉伽の下半身を押さえた。

男二人がかりで琉伽は床に押さえ込まれた。けれども鬼の力はすさまじく、今にも彼らを振りほどいて暴れ出しそうであった。人が素手で敵う相手ではない。

「お前も手を貸せ!!」

鍠牙が乾坤に向かって怒鳴る。乾坤は顔をしかめてしばし迷い、舌打ちして飛び出した。琉伽の上にのしかかる格好で押さえ込む。それでも押さえきれない。

「葉！　来い！」

歯を食いしばっていた乾坤が大声をあげた。すると、高い楼閣の窓から一人の女が飛び込んでくる。葉歌だった。

葉歌は乾坤の言葉に従い、暴れている琉伽の腕を固めるように押さえ込んだ。

「姫！」

鍠牙が短く鋭く呼んだ。玲琳は四人がかりで押さえられながら今にも振り解いてしまいそうな琉伽に近づいてゆく。すぐ傍に立ち、身を屈めて彼女を見下ろした。

「お前の不手際で患者が死ぬようなことがあれば、私はお前を殺して自分も死ぬ――と、お母様に言われたことがある。お母様は誇り高い蠱師だった。標的を殺すことを誇りに思い、患者を死なせることを恥だと思っていたわ」

夢の中で、何の罪もない皇女に蠱術をかけてでも玲琳を強く育てる――と、母は言っていた。だが、そんなことはありえないと玲琳は知っている。それは胡蝶という蠱師の信念に反する。

「お母様が自分の患者を蠱病にすることなどありえないのよ。だったら何故お前は蠱病になったの？　簡単なことだわ。お前自身が望んだからでしょう？　だからお母様はお前に蠱術を授けた。お前を蠱病にした本当の犯人、それはお前ね？　李琉伽」

暴れていた琉伽が動きを止めた。正気を失っていても玲琳の言葉を理解している。

玲琳は押さえ込まれた琉伽に覆いかぶさり、唇を重ねて思い切り息を吹き込んだ。呼気と共に、腹の中で熟成された解蠱薬と蠱が混ざり合って注がれる。それらは一つ残らず琉伽の体に入り込んだ。

「喰らいつくしなさい」

玲琳が命じると、琉伽は絶叫した。声にならない声が響き渡る。

琉伽は拘束を振り払ってのたうち回り、苦しみ、暴れ、叫び、最後にどろりとした黒い塊を吐き出した。それに続いて大量の蟲が。蟲は玲琳の中に戻り、黒い塊は廊下に落ちるとぐずぐずに溶けて消えた。

玲琳は腰を抜かしたみたいに座り込み、体を震わせた。自分は今、生まれて初めて胡蝶の蠱を打ち破った。たった一つ蠱を打ち破ったくらいで母に並んだとは思わない。それでも確かに今玲琳は母の蠱を打ち破った。その事実に震える。

「玲琳……あなたはいつも……私が不快になることをするわ……」

床に酷い格好で倒れている琉伽が、血を吐くように呟いた。その一言で、鬼と化していた間の記憶があるのだと分かった。

「お前、何故鬼になりたいなどと願ったの？」

玲琳は座り込んだまま聞いた。

「……普稀様を殺す方法が他に思い浮かばなかったから。あの方の強さを知らない者が後宮にいるかしら。鬼にでもならなければ敵わないわ」

「……琉伽姫、僕は君に何かしたのか？」

傷だらけでぐったりと座り込んでいる普稀が真剣な顔で聞いた。

琉伽は倒れたまま義理の兄を見上げた。

「あなたを殺せばお姉様が傷つくと思ったからですわ、普稀様。彩蘭お姉様は私の愛する者を奪った。だから私は、お姉様の愛する人を奪おうと思った。ただそれだけのことですわ」

淡々と語り、空虚な瞳で天井を見上げる。

「愛する者……？」

「陸(りく)はお姉様のせいで殺されました」

しばしの沈黙。その名が全員の頭に行きわたり、それを知っている者は怪訝な顔をした。

陸というのは、彼女の馬の名である。彩蘭に怪我をさせ、処分されたあの馬だ。

「馬のために……僕を殺そうと思ったのかい？　鬼になってまで？」

理解できないというように、普稀は困惑顔になる。

琉伽は両手で顔を覆った。

「たとえ馬でも……たとえ言葉が通じなくても……たとえ頭のおかしい女と言われても……陸は私がこの世でただ一人愛した相手だわ。陸は私の恋人だった」

彩蘭も、普稀も、鍠牙も、一様に唖然として言葉を失った。

馬を恋人と呼ぶその感覚を、理解できないというように。

そんな中、玲琳は一人ぽんと手を打った。

「ああ、そうだったの。やっと理解したわ。それなら分かりやすい。愛した男を奪われた復讐(ふくしゅう)に、お姉様の愛する男を奪おうと思ったのね。とても分かりやすいわ」

普稀の存在価値はその強さと、そして李彩蘭に愛されていることだ。彼が死んでも自分が悲しむだけ――と、彩蘭は平気で普稀を切り捨てる。琉伽はただ彩蘭を悲しませるためだけに、普稀を狙ったのだ。それはとても分かりやすいと玲琳は納得した。

「分かりやすいか？」

怪訝な顔で問うのは鍠牙だ。やや呆れた顔をして床に胡坐をかいている。

「こんな分かりやすい話はないわよ」

断言する玲琳の声を聞き、琉伽はよろりと身を起こした。目の前にしゃがむ玲琳を射殺さんばかりに睨む。

「あなたの……そういうところが嫌い」

「そう、私は別にお前を嫌いではないわ。興味がないから」

玲琳はにっこり笑いかけた。琉伽はぎりと歯噛みする。

「玲琳、あなたは気味の悪い異常者だわ……頭がどうかしてる。私はあなたに何度もそう言ったけど、それは私も同じなのよ。私は頭がおかしいの」

今まで幾度となく玲琳に向けられてきた侮蔑の瞳が、今は玲琳を透かして別の誰かを見ていた。

「皇家に生まれたいなんて、私は一度も願わなかったわ。高貴な血筋に生まれたいなんて……贅沢をしたいなんて……誰が言ったというのよ。子供の頃からずっと、いつも罪悪感で死にそうだった。それを分かってくれたのは陸だけだった。陸といる時だけ、私は私でいられたわ。私は陸を愛してた。でもそんなの、異常だわ。馬に恋するなんて頭のおかしい女のすることよ。胡蝶様に知られた時、本気で死のうと思った。胡蝶様は……そんな私に毒を渡したわ。耐えられないのなら鬼にでもなればいい……鬼ならば、馬と添うたところで誰も文句は言うまい……と。ただ、それで人を襲えば私の娘がお前を殺しに来るよ……と。胡蝶様こそが鬼だと思ったわ」

彼女の瞳はいったい誰を見ているのだろう？　玲琳の向こう側に、胡蝶の姿を見ているのか、あるいは自分の姿を見ているのか……

「だけど私は鬼になることができなかった。人のまま何年も耐えたわ。想いを隠して皇女らしく振舞った。なのに……あなたは周りからいくら後ろ指を指されても、いつだって平然としてたわ。どんなに蔑まれても、堂々としていて……私はそういうあなたが憎くて憎くて仕方なかったのよ。私と同じくせに、私ができないことを平気でやってのける。蟲を愛する毒の姫？　あなたより私の方がずっと気味の悪い女だわ！　宴の時にあなたは言ったわね、私の本性など分かっているって。そうよ、私は異常者なの。毒の姫というのは私にふさわしい言葉なのよ！」

目を血走らせ荒い呼吸で喚きながら、琉伽は彩蘭の方を向いた。

「彩蘭お姉様……あなたはこんな女を、飛国へ嫁がせようとしていたんですよ？　馬に恋するような頭のおかしい女を。斎の女帝はなんて見る目がないのかしら」

彩蘭は黙って琉伽を見つめ返した。

「飛国へ嫁ぐのが嫌で、毎日毎日陸の前で泣いていました。あなた以外の男の人と結婚なんかしたくないって……。そうしたら陸は、飛国の馬に噛みついてしまった。あれが私を苦しめていると分かったんだわ。私のせいで……陸は殺された」

床についた拳を震わせる琉伽を見て、玲琳は目を眇めた。

「一つ聞きたいわ。私には理解できないのだけど……お前のどこが毒なの？」

小馬鹿にするように聞き返す。

「自分を支えてくれた男に恋をして、その男を殺されて、復讐をしようとしただけのことでしょう？　多くの人間が考えることではないの？　お前にたいした毒などありはしないわ。だって私、お前に興味がないもの」

毒の強い人間にしか玲琳は惹かれない。

「お前はただ、当たり前の恋をしただけの女でしょう？」

「……当たり前の恋……ですって？」

「あまり突っ込まないでちょうだい。お前と違って私に恋の才能はないのよ」

玲琳はぱっと目の前に手を突き出す。

「でもまあ、恋は恋でしょう？　私が関心を持てない程度にはね」

心底関心なさげに言う玲琳と向き合い、琉伽はぶるぶると震えだした。

「あなたの……そういうところが大嫌いなのよ……っ！」

掠れた声で振り絞るように言い、突っ伏して嗚咽を漏らす。

離れて見ていた彩蘭が、琉伽に近寄り傍らに腰を下ろした。蹲る妹の背をそっと撫でる。

「琉伽……政略結婚は皇家に生まれた姫の宿命。そう考え、わたくしは妹たちをなるだけ男性と触れ合わせませんでした。好いた殿方を忘れて嫁ぐのは辛いだろうと思ったからです。可愛い妹たちには幸せになってほしかった。あなたの想いを見極められなかったことを心から申し訳なく思います。ですから琉伽……あなたの婚姻は取りやめにしましょう。あなたはもう、わたくしの役に立ちません。嫁げない姫に価値はないのです。後宮からも出てお行きなさい。どこかひっそり暮らせる田舎を用意します。何の価値もなくなってしまったあなたはもう、わたくしの妹ではありません」

どこまでも優しく背を撫でながら、この上なく残酷に彩蘭は告げた。

琉伽は突っ伏したまま身を震わせている。彼女がどんな顔をしているのか、何を思っているのか、分かる者はいない。

「……俺は自分がそう優しい性質ではないと自覚しているが……そんな俺でもさすがに引くぞ。悪辣非道とは言ったものだな」

胡坐をかいている鍠牙が呟く。彩蘭もこの男に言われたくはなかろう――と思いながら、玲琳は誇らしげに返す。

「私のお姉様だからね。罰であり救いだわ――あの女にとってはきっと」

一つ大きく息をつき、楼閣の中を見回す。片隅に、よく知った女官が立っている。これが最後なのだと玲琳は思った。ここを逃せばもう二度と彼女は戻らない。

「葉歌、帰りましょう」

玲琳は座りこんだまま手を伸ばした。

「……戻らないと言ったはずですよ、玲琳様」

「そう……どうしても嫌なのね？」

「ええ、ダメです」

「じゃあ仕方がないわね」

　玲琳は立ち上がり、楼閣の外を見やる。窓に近づき、ひょいと手すりを乗り越えた。あまりに自然な動きだったので、誰も止められなかった。

「姫!?」

　鍠牙が叫んで手を伸ばす。が、玲琳はその手を拒むように振り払った。

　玲琳は楼閣から真っ逆さまに落ちてゆく。しかし少し落下したところで強い衝撃と共に引き止められた。誰より早く楼閣から飛び降りた葉歌が玲琳を捕まえ、手すりを摑んで宙にぶら下がっていた。

　闇の中に浮かび、玲琳は広がる景色を眺めた。宵闇に都の明かりが揺れている。

「斎は美しい都ね。けれど、私は魁が気に入っているわ。一緒に帰りましょう」

「……玲琳様……あなたって人は……なんて危ないことをするんです！　私が間に合わなかったら死んでましたよ！」

　葉歌は怒鳴った。殺そうとしていた相手の無謀に怒髪天を衝いている。この矛盾。

「葉歌、お前なら誰にも見つかることなく斎へ入国することができたはずよ。なのにお前は途中で姿を見られて、私にここまで追いかけてこられた。ねえ、本当は私に追いかけてきてほしかったのでしょう？」

　たちまち葉歌は表情を凍らせて黙り込んだ。

「お前は本当に私が好きね。私を失いたくはないのでしょう？　私の傍にいたいのでしょう？　でも……私を殺すつもりでいる。森羅として絶対に私を殺すと決めている。それもまた、お前の本心なのね」

この不均衡な異常さを、身を引き裂くような二面性を、玲琳がどれほど愛おしく思っているか理解できる者はいなくていい。

「それでいいわ。そのままでいい。葉歌、私を殺すために私の傍にいなさい。お前に、私の命を狙うことを許すわ」

闇の中、葉歌が瞠目したのが見えた。そしてその向こう、楼閣から激高した鍠牙がのぞいている姿が見えた。

「葉歌！　早く上がれ！」

鍠牙は手を伸ばして葉歌の腕を摑む。

引き上げた鍠牙は、わなわなと震えて今にも怒鳴りだしそうだった。葉歌が自分を殺す前に、彼が自分を殺すのではないかと玲琳は危ぶんだ。

「言い訳は……帰ってから聞いてやる」

怒りを押し殺して鍠牙は言った。

そんな鍠牙と玲琳を交互に見やり、葉歌がぼそりと聞いてくる。

「玲琳様……さっきの言葉は本気ですか？」

「私がこんな冗談を言わないことくらい、お前は知っているはずよ」

その答えに葉歌は黙りこみ、ちらと横を見た。そこには乾坤が佇み、怖い顔でこちらを……葉歌を見ている。

無言で見つめ合う両者を眺めてしばし思案し、玲琳は乾坤に言った。

「お前に一つだけいいことを教えてあげるわ。今回の事件を起こした蠱師は、私よ。胡蝶ではないわ。私が気まぐれにやったことなの。お前たちの里長にそう伝えなさい」

「……どういう意味だ？」

「そういう意味よ」

玲琳はにやりと笑った。

「憎むなら私を憎みなさい。いくらでも命を狙いなさい。受けて立つわ。これは私が私の誇りをかけてすることよ。お姉様にも否を唱えさせはしないわ」

乾坤はしばし真顔で玲琳を正視し、再び葉歌の方へ目を向けた。

「葉、長の代理としてお前に命じる。李玲琳を殺せ」

彼は酷薄に命じた。

「森羅としての誇りをかけて、必ず殺せ。どんな手を使っても殺せ。殺すまで……お前はもう里に帰ってこなくていい。一生かけて役目を果たせ」

きつく命じられ、葉歌は信じられないと言うように放心している。

「長はこの件を俺に任せると言っていた。李玲琳を始末するには果てしない時間がかかるだろう。俺とお前はもう二度と会うことはないかもしれないが……まあ、そうなったら来世で会おう」

そう言い残し、乾坤はたった今玲琳と葉歌が引き上げられた手すりから夜に向かって跳躍した。彼の体はたちまち闇の中へ消え、どこへ行ったか分からなくなる。

「兄さん……！」

葉歌は窓にすがり、乾坤の消えた闇に向けて叫んだ。答えは返ってこない。

「え？　あれはお前の兄だったの？」

「……実の兄です。そして、私が子を産むよう定められていた相手です」

仰天する玲琳の前で、葉歌はしばしの間夜空を見つめ、くるりと振り向いた。

「魁へ帰りましょう、お妃様」

一点の曇りもないその笑顔は、玲琳が愛した毒のままだった。

終章

暖かな陽光を受け、馬車は魁へと向かっていた。

馬車の中には、玲琳と鍠牙が並んで座り、その向かいに葉歌が座している。

「お妃様、私はたぶん、あまり長くは生きられません」

葉歌がごく軽い調子で告げてきた。

「蠱毒の民は短命です。蠱師の血を濃くするために近親婚を繰り返してきたせいで、ほとんどの者は長く生きられないんです。私の母と、先代の森羅だった父も兄妹でした。私と兄もそれに倣って子を作るよう言われていました。蠱毒の民はおそらく、そう長くもたないでしょう。あれは滅びゆく一族です。あなたの母上である胡蝶様も、あまり長くは生きられなかった。私もいつまで生きられるか分かりませんが――それでも精いっぱいお妃様の命を狙おうと思います」

そう締めくくり、葉歌は胸元で両の拳をぐっと固めた。

「そう、頑張って」

玲琳は笑顔で励ました。

妹を手放して一人里へ戻っていった乾坤のことを思い出す。

「お前は兄が好きだったの？」

玲琳の知らぬ感情を、葉歌も持っていたのだろうかと不意に思った。

「乾坤はお前を、葉と呼んでいたわね」

「……私たちには名が与えられなかったので、二人でいる時だけ兄がそう呼んでいたんです。緑の茂る季節に生まれたからだと言って。それでは宮中にふさわしくないからと、彩蘭様が葉歌という名に変えてしまいましたが」

葉歌は懐かしそうに目を細めた。

「それならお前は私の葉歌ね」

「はい、私はお妃様の葉歌です」

「兄に会えなくて寂しくはない？」

「来世で会う約束をしましたから」

「それなら今生では別のいい相手を見つけなくてはね」

からかうように笑った玲琳に、葉歌は深いため息を吐く。

「本当ですわ。お妃様もそう思うなら、いい殿方を紹介してくださいよ！」

「安心なさい、嫁の貰い手が見つからずとも、私が最後までお前の面倒を見るわ」

「だからそういう無駄な男らしさを見せられても……」

葉歌は嘆くように顔を覆った。

玲琳はけたけたと笑った。軽やかな笑声を乗せ、馬車は長閑(のどか)な風景を進んでゆく。

一行が魁へ帰るのには半月を要した。

帰るなり、鍠牙は倒れて寝付いてしまった。

風邪が治りきっていなかったのだと周りは噂したが、玲琳にははっきり原因が分かっていた。

「私の薬を捨てたりするから」

寝台の端に腰かけて玲琳はじろりと鍠牙を睨む。

「俺を置いて行ったあなたが悪い」

鍠牙は苦しそうに顔を歪めて言い返す。

長く薬を飲まなかった反動か、いつもなら夜にしか訪れない発作が一日中続いているのだった。

「夕蓮の毒はしぶといわね。いつになったら発作はなくなるのかしら」

あの化け物が飲ませた毒だ。想定したより時間がかかると思った方がいいだろう。

考え込んでいると、鍠牙が妙に険しい顔でこちらを見上げているのに気が付いた。

「姫……あなたはいつまで生きられるんだ？」

「は？」

何の脈絡もない問いかけに、きょとんとしてしまう。

「あなたも蠱毒の民の血を引いているんだろう？　母親のように早世する可能性があるのか？」

「……さあ、分からないわ」

玲琳は首を捻って正直に答えた。

「私は私がいつ死ぬのか分からないわ。お前がいつ死ぬのか分からないのと同じに。だけど、私が死んだらお前は悲しむでしょうね」

今度は鍠牙が一考して、

「……別に悲しいとは思わんな。よく考えたら俺は、あなたに一日でも長く生きてほしい……と、思っているわけじゃないしな」

「思っていないの？」

「思っていないな。あなたがそれで満足なら、明日死んでも問題はない。その前に俺を殺してさえくれれば」

真顔で言われ、玲琳は袖から巨大な蜘蛛を出した。玲琳が蠱師の力を失っても傍にあった唯一の蠱だ。

「それなら、この子に下している命令は取り消さないでおくわ」

玲琳が死ぬことがあれば鍠牙を殺すようにと、玲琳はこの蜘蛛に命じている。

「それは助かる」

鍠牙は本気で安堵しているらしく、体の力を抜いて寝台に身を沈めた。

彼を見下ろし、この人が死んだらこの国は困るだろうなとぼんやり考える。彼を長く生かしたければ、玲琳が長く生きなければならないのだ。

そう考え、急に気づいてしまった。

「鍠牙」

「何だ？」

「子を作りましょう！」

「……あなたが何を言っているのかよく分からないのは、俺の頭が悪いせいか？」

「たぶんそうよ」

玲琳は首肯する。

「今私とお前が死んだら、この国がとても困ってしまうわ。後を継ぐ者がいないのだもの。それに何より、私は私の蠱術を伝えなくては」

母が玲琳に伝えたように、玲琳は誰かに伝えなくては。この血と智と熱を。

「もういいかげん、私は幼女に見えないでしょう？」

玲琳は胸を押さえて鍠牙の顔を覗き込んだ。鍠牙は玲琳を上から下まで眺め、この上なく難しい顔になった。

「最近気が付いたんだが……俺はどうやら、あなたが女でなくても構わないらしい」

突飛な告白に玲琳は絶句する。

「いや……むしろ人でなくても構わない。馬でも、犬でも、猫でも、蟲でも、魔物であっても構わない。むしろその方がいいんじゃないかと思い始めてきた」

彼の表情は至極真面目であった。

この男は馬鹿なのかなと玲琳は思った。

「そういうものにお前は欲情するの？」

「さあ……そういう経験はないがな」

「その場合、私はそういう相手に欲情できる他の男を探して、その男の子供を産まなくてはならなくなるわよ」

「いや違う！　待て姫、早まるな」

鍠牙は慌てて起き上がった。玲琳は彼の肩を突き飛ばして再び寝台に沈める。

「俺が悪かった……姫が馬でも犬でも猫でも蟲でも魔物でも努力しよう」

瞬間的に興奮して目が回ったのか、鍠牙は頭を押さえて訴える。

やはりこの男は馬鹿なのだなと玲琳は思った。

「安心なさい。私を選ぶような男など、お前くらいしかいないのだから。私が産むとしたらそれはお前の子よ」

「そうだな、だから姫はこれからもずっと蠱師でいてくれ。いくらでも蠱を増やせばいい。どこまでも毒草園を広げればいい。不気味で恐ろしい蠱師として、この世のあらゆるものに厭われる魔物であってくれ」

魘されるように愚かなことを言う。

玲琳は鍠牙の額に手をやり、くつくつと笑った。

「ええ、いいわよ。私が生きている限り、お前の魔物でいてあげるわ」

外伝　胡蝶の夢

男は深い山の中を歩いていた。

美しい女の血を幾度も引き入れて生み出された男の容姿は端麗で、四十を超えてもまだ若さを保っていた。そんな男がたった一人で山中にいた。

この山近くに蠱毒の里があると噂に聞いた。しかしその正確な場所を知る者はいない。それでも男はひたすら里を探して歩き続けた。

しかしついに力尽き、山の中で気を失う。

「お前、ここで何をしている」

どれだけ意識を失っていたのか、横柄な声で男は起こされた。

目を開けると、十代半ばの若い娘が立っていた。妙に目つきの鋭い娘だ。取り立てて美しくはない。容姿を語るのなら男の方が遥かに整っていた。

そして娘は頭に毒々しい色の蜥蜴(とかげ)をのせていた。

そんな娘が、鋭い目で男をじっと観察している。

「……君が蠱毒の里の蠱師か？」

掠れた声で男は聞いた。

「ああそうだ。私は蠱師だ。お前は誰だ？」

問われた男は起き上がり、地面に座って娘を見上げた。

「私は……斎の皇帝だ」

「ふうん……で、斎の皇帝が蠱毒の里に何の用だ？」

皇帝などというにわかには信じがたいことを聞いても、娘は顔色一つ変えなかった。

この娘は本当に蠱師なのだなと男は思った。

「毒殺してほしい者がいる」

「誰を？」

「………………私を」

「何故だ？」

淡々と問われ、からからに喉が渇いた。己の死を想像する。恐怖で胃が縮む。

「娘がいる。いや……娘はたくさんいるが、長女が他に類を見ないくらい賢く優れた子だ。だが、母親の身分が低い。それに女だ。皇帝にはなれないだろう。私は……自分が暗愚な皇帝だと分かっている。酒と女に溺れた愚かな男。自覚があるんだ。飢饉で餓死者が大量に出た時も、水害でいくつもの村が沈んだ時も、魁との戦で大勢の兵士が死んだ時も、私は何もできなかった。いや、何もしなかったんだ。民のために私がしたことなど何もなかった。恐ろしくて酒と女にただ逃げた。愚かだと分かっているのに、自分を変えることができない。退位してもおそらく無駄だろう。息子たちもみな私によく似ている。斎は……遠からず滅ぶ」

男は震えながら語る。冷や汗が出る。

「そうならないために、長女を次の皇帝にしたい。そのために、私と……息子たちを……殺してほしい。自分で死ぬのも……息子を殺すのも……怖くてできないんだ」

吐きそうなほどに震えた。己が臆病であることを男は知っていた。

「ふうん……なるほどな、分かった。いいだろう、殺してやる」

肯定の言葉は、男に期待と絶望を等しくもたらした。

「だが、条件がある」

娘はそう続けた。

「……何だ？　金ならいくらでも……」

「お前の子を産ませてくれ」

男はぽかんと呆けた。

「……何だって？」

「お前の子を産ませろと言った。そこでゴミみたいに倒れていたお前を見た時に分かったんだ。この世で最も優れた蠱師を産むために、お前の血が必要だとな」

娘は男の動揺など意にも介さず続ける。

「私は娘を産む。その娘にお前を殺させよう。必要ならばお前の息子も。ただ、それは娘を十分育ててからだ」

「……君を……私の側室にしろということか？」

「ああ、それでいい」

側室はたくさんいるし、娘ほど歳の離れた者もいる。だが、こんな風に迫られたのは生まれて初めてだった。半ば恐怖に近い感覚を得る。

「そうすれば……望みを叶えてくれるのか？」

「私の娘が叶えるだろう」

にいっと笑ったその娘を連れ、男は山を下りる決断をした。

「どうしてそこまで優れた娘を産みたいんだい？」

道すがら男は聞いた。

「蠱毒の里の蠱師は短命だ。近親婚を繰り返してきたせいだろう。私もたぶん、長くは生きない。それでも里長たちは近親間で子を作れと言うのさ。奴らは頭が悪すぎる。私は……自分の娘を長生きさせてやりたい。それが私の欲で願いで……夢だ」

娘は決然と言った。その横顔を、男は初めて美しいと感じた。

「蠱師も人間なんだな」

「当たり前だ。人間を呪うのは人間に決まっている」

「そうか……そういえば、君の名前は？」

「胡蝶」

「胡蝶……斎を救ってくれるか？」

「そんなくだらないことに興味はないな。国を救うのは皇帝の仕事だろ。お前はお前のやり方で、この国を救えばいい。愚かな皇帝なりにな。私は蠱師として蠱師の仕事をするだけだ」

すげなく言われ、男は肩の力が抜けた。

「そうだな……胡蝶、私は死ぬことで斎を救うぞ」

「ああ、せいぜいがんばれ。応援してやる」

胡蝶は男の背中をどんと叩いた。

愚かで無能な皇帝ができる、唯一にして最善のこと。これもまた、愚かな行為なのだろうなと思いながら男は山を下る。

傍らには毒を秘めた蝶が一羽舞っていた。

――本書のプロフィール――

本書は書き下ろしです。

小学館文庫

蟲愛づる姫君の蜜月

著者　宮野美嘉

二〇二〇年三月十一日　初版第一刷発行
二〇二〇年四月二十日　第二刷発行

発行人　飯田昌宏
発行所　株式会社 小学館
〒一〇一-八〇〇一
東京都千代田区一ツ橋二-三-一
電話　編集〇三-三二三〇-五六一六
　　　販売〇三-五二八一-三五五五
印刷所――――図書印刷株式会社

この文庫の詳しい内容はインターネットで24時間ご覧になれます。
小学館公式ホームページ　http://www.shogakukan.co.jp

ISBN978-4-09-406752-1

さくら花店　毒物図鑑

宮野美嘉

イラスト　上条衿

住宅街にある「さくら花店」には、
心に深い悩みを抱える客がやってくる。それは、
傷ついた心を癒そうと植物が呼び寄せているから。
植物の声を聞く店主の雪乃と、樹木医の将吾郎。
風変わりな夫婦の日々と事件を描く花物語！